我在半途
遺失了你

奇斐 著

名人推薦

這是一個關於勇敢與珍惜的故事，作者筆下的人物是如此純真與動人，讓我們想起那些曾經守護你的人，願你也被你的天使守護著，因為青春本身就是一種美好，那些你愛與愛過的人，就是你前進的動力！

偶像劇教母　柴智屏（流星花園、那些年我們一起追的女孩）

用一片深情成就彼此，雖有遺憾與悲傷，但刻骨銘心的純愛，令人嚮往！

華文創董事長　何琇瓊（大佛普拉斯、陽光普照）

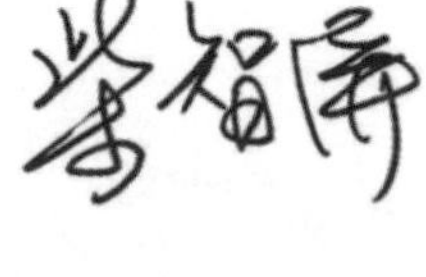

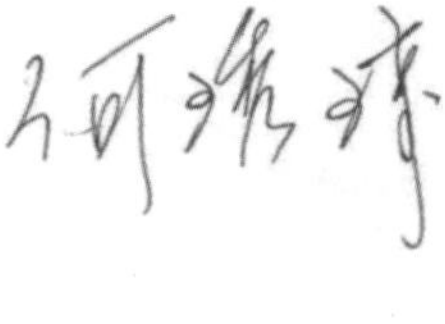

遺失鑰匙，遺失錢包，遺失一把傘，或是遺失一段青春。
我們都在遺失時，學會失去的惆悵，以為「遺失」是人生的一種必然。
但這一次，我卻遺失了你，在我人生感到最光榮的時刻。

《刻在你心底的名字》億萬票房導演　柳廣輝　純愛推薦

青澀的愛情、熱血的乒乓，隨著故事回憶起愛情萌芽的時光。

演員　袁子芸（泡沫之夏、未來媽媽）

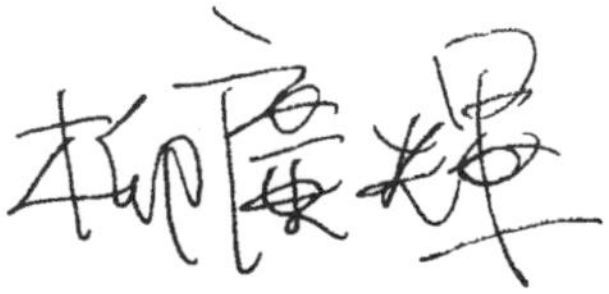

期待以體育為主題，詮釋人間勝利的體育小說。人間勝利以乒乓球為媒介來傳達朋友之間溫暖的鼓勵和愛，期待傳遞雙倍感動的作品。

韓國電影製作人協會　理事　崔舜植

매우 완성도 높은 인간승리를 주제로 한.
한편의 스포츠 소설이 기대된다.
특히. 그 인간승리는 탁구를 매개체로 한.
동료들과의 따뜻한 격려와 사랑이기에
두배의 감동이 기대되는 작품이다.

一個人愛一個人的聲音是，想得到對方的愛時響起的心聲。

祝賀小說出刊

韓國電影《比悲傷更悲傷的故事》原著作家／導演　元泰淵

사람이 사람을 사랑하는 소리는
사람이 사람에게 사랑받고 싶을 때
울리는 사람의 마음의 소리.
소설 발간을 축하합니다.

영화 "슬픔보다 더 슬픈 이야기"
원작자/감독 원태연

比金牌更珍貴的熱情與挑戰，比星星更耀眼的友情和愛情，致活在當下的年輕人傳遞感動。

加油

韓國藝人經紀人協會 理事 裴颎烈

금메달보다 값진 열정과 도전.

별보다 빛나는 우정과 사랑.

오늘을 살아가는 청춘들에게 전하는

감동의 메세지!

응원합니다.

(사) 한국연예매니지먼트 협회

이사 배경렬

為朝著夢想奔跑的青春加油，體育和校園，愛情和友情，通過美好的競爭詮釋出愛意濃濃，令人哀傷的愛情小說。

祝小說大賣

MBC 中國分公司 社長 杜今瑪

꿈을 향해 뛰는 청춘을 응원합니다.

스포츠와 캠퍼스 그리고 사랑과 우정,

아름다운 경쟁을 통해

무르익어 갈 애절한 사랑 이야기

대박나세요

MBC 중국 지사장 두금마

目錄

序章

在一來一回間，眼前的小白球高速躍於眼前，霎時間心念隨著球偏移流轉，除了心臟的律動、呼吸的喘息，短短的時間內再無其他。

身材高大精瘦的林睿充滿節奏感地躍動著身體，揮舞著手臂，眼睛直盯著球，一刻也不得鬆懈，而手中的球拍早已和身體合而為一。

對於桌球而言，勝敗關乎精準、關乎速度、關乎力量、關乎整體身體的協調，還有在高速時，看清對手的球，做出正確的應對。

喝！

突然，林睿使勁擊出一個殺球，對方措手不及。

勝敗也是那麼一瞬間。

在場觀眾隨之呼聲四起，被譽為桌球界的傳奇選手—林睿，這幾年彷若橫空出世，驚現於球壇。短短三年間以黑馬之姿，橫掃大大小小的業餘賽事，屢屢獲得男子單打冠軍，而開始廣受矚目，引起各媒體紛紛挖掘他的過去……。

原來他的父親也曾是叱吒桌球界的國手，而林睿從小就在父親的訓練之下，以神童的姿態參加一些比賽，獲得不少的好成績。

然而，自從他父親因心臟病逝世後，桌球界就像是再也沒有他這個人一樣，銷聲匿跡。

國手之子，血脈裡流著桌球的基因，這種看似命中注定的天選之人恰好完全符合了媒體的喜好，加上外型高大、有著濃眉大眼、看起來乾乾淨淨，眼神略帶憂鬱深邃，吸引了不少女球迷的關注。

於是新聞記者開始更加大肆報導林睿的每一場比賽，傳奇性愈發的濃厚了起來。

這次是他首次入選參加國手選拔賽，球迷們紛紛到場為他加油。

每一年桌球協會僅僅選拔出 12 名國手，然而確定入選之外，還得要力爭排名。排名越前面，才更有機會參加各種國際賽事，上場為國爭光。否則就得聽從安排等候契機，要不就是繼續奮鬥受訓，等待來年選拔再與其他選手一較高下。

而今年的選拔格外重要，因為再不久就是四年一次的奧運！

林睿走向滿臉沮喪的對手前。

這一場比賽，除了勝負，更決定林睿成功晉級12強、成為準國手，同時代表對手確定失去了今年的國手資格。

眼看奧運的門票就快拿到了。

他必須打進前四強才行，不能停止、無法鬆懈。

「可敬的對手。」林睿伸出手，凝視著對方，清清淡淡地露出笑容。

對手看了林睿一眼也回應機械式的微笑，反射性動作的快速伸出手，像是長久在桌球場上養出的習慣似的，什麼都如此精確迅速，兩人互相握手致敬。

又是熱烈的歡呼聲響起。

他揚起頭看向觀眾席，眼神巡過每個角落，許多俏麗少女一陣驚呼、又羞又喜的揮手招呼，眾人們隨著他的視線鼓譟騷動。

最後，他深深一鞠躬向全體觀眾致謝，接著快速地轉頭離場，沒有人注意到他臉上閃過黯然失落。

§

球員休息室前，幾名記者早就等待在門前，大夥兒靠在牆邊閒聊。

「這次國手選拔賽表現得不錯，前幾名沒問題吧！我看應該可以順利代表國家去參加國際賽事了吧！」

「中斷了這麼多年都沒打過球，不知道他這幾年到底發生什麼事？又為什麼會回到桌球界？」

「你要是挖得出來就是可以做獨家了！」

「你又不是不知道他標準的冷場王，話少得很。」

「要不是他不願意接受專訪，不然我們還需要在這邊堵他嗎？」

「那林媽媽呢？試過嗎？」

「一樣。」回應的男記者翻了翻白眼，滿臉的不耐。

接續用嘴型說著「難搞」兩個字，沒有發出聲音。

一個女記者推了他，笑了一笑。

「你很壞欸。」

一陣訕笑後，記者們七嘴八舌地聊著，多是顯得有些不耐煩，群眾跟媒體推波助瀾下成就了他的名氣。

這些記者們有一種明明是自己棒紅林睿成為國民偶像，卻得反過頭來苦苦追逐央求林睿的無奈。

若是他真的態度差就算了，或許一下子就退燒。偏偏他謙和有禮，只是完全不願意多說一點。永遠的標準答案都是：「我想先專心打好眼前的比賽。」

他們試過用各種方式套交情希望讓林睿多說出一些私事，好滿足眾人的窺探慾，要不也說出點勵志故事般的奮鬥史。

偏偏什麼都不說，偏偏每次回答都一模一樣，要不是還有穿插比賽畫面，搞不好觀眾還以為每次播出畫面根本都是重播之前的訪問。

這次，搞不好又要回去被總編釘了。

這些記者們也只能苦中作樂，聊聊天發發牢騷。

把一個人營造成了當紅的公眾人物，那就不能只是體育新聞了，而是茶餘飯後的八卦娛樂。不能只是報告賽績就好，還要更多更多的故事。

§

走廊的一頭，高大的林睿正恍恍、緩緩地走了過來，若有所思地。

今天的比賽已經結束，他顯得有些疲累，邊轉著手腕，活動著。

記者裏頭一個眼尖的，馬上就大喊：

「林睿！」

林睿聽見有人叫喚出自己的名字，回神般瞬間露出笑容。

閃光燈驟然乍現。

這幾年重新開始認真打球，他也詫異自己竟然會受到這樣廣大的矚目。

其實他想要的，也不過一個人的眼光而已。

太常曝露在鏡頭下，他開始養成了微笑的習慣。

然而當他並不那麼由衷地笑著，卻隱隱感到一陣心痛，那潛藏在內心的回憶如鬼魅般地驟然出現，又悄然消失。

不快樂何必要勉強自己笑著呢？

腦海中突然浮現了她說的話。

他又笑了。

在很久很久以前，他也曾經如此壓抑自己的情緒，用笑容包裝自己，是她，讓他明白，流淚哭泣，將真實的情緒展現，是再自然不過的事情，也是一件相當美好的事情。

每個人成長的歷程中或多或少，笑著或哭著都曾有過另一個人的足跡，在我們生命裡留下鑿痕。

一句熟悉的話語或一個動作就足以牽起那段刻骨銘心的過去。

很快地，記者們的麥克風、攝影機、照相機跟閃光燈都湧到眼前。

「林睿，恭喜你又贏了一場。」

「謝謝。」

「有沒有什麼話想對球迷說呢？」

「謝謝，我會繼續努力打球的。」又是一句標準的官腔。

「一路比到國手選拔賽，有沒有最想感謝的人呢？」一名女記者卻奮力擠到了前面，嬌小瘦弱的身影、綁著素淨的馬尾，白皙的皮膚底下看得出來纖細的微血管。

林睿原本想繼續維持一貫的官腔說出，謝謝所有支持我的球迷，話卻在嘴邊停住……

霎那間，他以為看見了她。

日日期盼再相見的她。

他最想感謝的人

是她。

第一章 邂逅的悸動

無人小巷裡，一輛摩托車愜意地穿梭而過，蜿蜒前行，忽快忽慢地。摩托車上前腳踏板擺放著一大疊便當，後座也堆著一疊高聳而沉甸甸的便當。一名稚氣未脫的少年，邊掛著耳機聽音樂正恍若無人得意地哼著歌……。

「噢買尬、噢買尬、真的太久不見啦！我隨時OK，就等你電話……」

當紅樂團五月天的音樂流洩而出，富有節奏而激昂的樂聲，熱血歡樂，和林睿此時此刻的心情相得益彰！

他騎乘著這輛人生第一輛摩托車，隨著迎面而來的風，光是緊握著把手，可以自行控制方向，他就忍不住揚起了笑，明明直直的一條路，非要彎來彎去蛇行，一會兒快一會兒慢，自得其樂的嬉戲著。

這輛奔騰125是母親─朱家心買給他十八歲的成年禮。

雖然說好了這只是讓他能幫忙店裡送便當的代步工具，但卻是許久許久不曾從母親那兒得到的禮物，每次他都很享受可以騎車的時刻，覺得自己終於接近了大人一點點，也好像自由了那麼一點點。

所以總是自告奮勇送便當或是幫忙買東西跑跑腿，把握各種機會騎車。跑腿跑得甘之如飴，送便當也送得如沐春風。

他轉到了大馬路後，周遭閒適的氣氛蕩然無存，眼前車水馬龍，簡直就像瞬間被按下了倍數般。隨著那些車子快速的從身邊掠過，他有一種很熟悉的感覺，從小，就看著父母一起打球，看著在風中轉動急速來回的小白球，他總是目不轉睛盯著不放，乒乒乓乒乓乓。

他把那些車想像著是快速流動的桌球，每一次出發都是一次攻守，在另一頭總會有另一個人等著。或許，等著的只是一面冷冰冰的牆也不一定。

始終對戰的，也不過是自己。

林睿仍是心情極好的聽著歌，不禁開始把自己想像成一顆慢速球。

那麼，站在另一頭接住他的，會是誰呢？

接住他以後，是否會因著對方的力道、角度，而成了一道致命的殺球或不小心失手跑出界外？

忽然間，不容忽視的聲響從林睿背後襲來、穿透音樂傳進耳裡，打斷了他的思緒。

巨大的低鳴在高速下，擠出了令人不安的尖銳聲響，如同一個歇斯底里的怪獸正在嘶啞慘叫。

一輛綠色大卡車猛然逼近，從林睿身旁疾駛而過，強大的速度牽引力，暴風過境似地，讓林睿整個人跟著晃了一下失去了平衡，後頭的便當也晃了一下，

他趕緊煞車，試圖穩住。

「靠！搞什麼！太危險了吧！」他往前大吼，滿臉的憤怒卻立刻轉為驚慌。

綠色大卡車行駛而去的前方不遠處，一名婦人正像是沒注意即將朝自己而來的卡車似地，自顧自地繼續往前走向馬路，眼看就要撞上。

「小心！」

兩人距離太遠，聲音一下就被車流聲給淹沒。

林睿瞪大了雙眼，焦急地不知道該怎麼辦？不敢相信這麼危急的狀況在自己眼前發生，他感到一種莫名的恐怖，抗拒可能被迫眼睜睜目擊一樁可怕的車禍。

就在卡車逼近婦人那瞬間，巨大的心慌襲來……從腳底傳來一陣寒意電流般傳至全身。這樣的心慌，似曾相識，多年前他曾目睹父親在自己面前痛苦的死去，時間彷若靜止，一切都被放慢抽離。

那些潛藏在心中的恐懼油然而生，他不禁顫抖發冷，感到窒息。他用手按住自己的胸口，想壓下難以承受的巨大心跳。

卻同時，想起父親死去的情景。

父親倒下前也是這樣用力摀著自己的胸口，表情痛苦猙獰，然後就是眾人的兵荒馬亂。當初，他究竟是怎麼離開的都不記得了。

如今難道又要再一次親眼目睹一個人活生生邁向死亡？

林睿正試圖逃避現實準備閉上雙眼，卻在千鈞一刻之際，看見一個女子身影從婦人身後快速逼近，然後俐落地抓住了婦人手臂，接著緊緊地擄獲婦人身體往後用力一拉。

兩人因為力道過猛，雙雙側倒至人行道上。

那輛巨獸般的綠色卡車就這樣從兩人面前飛速而過。

頃刻，剛剛的驚險恍若隔世。

得救了。他心想。

鬆了一口氣。

他緩緩地將車騎到還在地上的兩人身旁，解下了安全帽，有些擔憂地望著兩人。

婦人和救了婦人的女子分別半坐在地上，婦人臉上交雜著驚恐與恍惚，望著卡車駛離的方向喘息著。

「剛剛好險喔，你們沒事吧！」林睿故意用爽朗的口氣說著。

那名救了婦人的女子非常努力平復呼吸似地，一直頭低低地，直到聽到林睿的話才抬起頭來。

但，卻是直接看向婦人，而非林睿。

她相當溫柔地探詢：「你還好嗎？」

婦人回過神顯得有些不好意思地，訕訕地露出了淺淺的微笑，搖搖頭。

「我沒事，真謝謝妳。」

「沒事就好。」那女子燦爛地笑了，像在晨曦下綻放的花朵。

林睿愣愣地看著兩人客套，此時此刻才認真地端詳起那個女子。講女子好像把她講老了。那女孩清新脫俗，看起來也不過十七、十八，眉宇之間略帶著剛毅，圓潤清麗的臉，皮膚白皙薄透，微微看得到潛藏在底下的微血管，像是羞澀臉紅般。身形其實也嬌小瘦弱，看起來弱不禁風的樣子，沒想到卻這麼勇敢，願意不顧一切地去拉住婦人。

婦人起身道謝後，或許是覺得太過尷尬，匆匆離去。

女孩站著微笑揮手再見，很是爽朗。卻就在那舉手投足間，林睿察覺到那動作有著一絲不自然。

女孩，似乎受傷了。

「妳受傷了嗎？」林睿探詢，口氣滿是關懷。

被無視這麼久的林睿，終於首次得到女孩的注目。

女孩驚訝地看向林睿，然後隨即朝自己的手臂側後方看去，嘆了一口氣。

「唉，痛死我了。」原來她手臂後方已經有一片擦傷，大概是往後摔的時候造成的。

畢竟，她用了自己的身體來護住婦人。

「既然你都看出來了我也就不掩飾了。」女孩隨即翻找著包包，拿出了藥。

嗶──。

一個訊息聲響起，打斷了女孩的動作。

女孩一陣手忙腳亂，林睿伸出手示意，女孩狐疑地又看了他一眼，手卻又毫不遲疑地將藥遞過去，林睿接過，兩人甚有默契地。

女孩順利空出了手拿手機查看。

「嘶──」女孩痛的一聲。

她忍著痛，看了林睿一眼又顯得有點不好意思。

林睿看著女孩的表情又是痛，又是害羞、接著又是慌張懊惱，短時間內迅速變換。

「啊！死了，快要開始了！」

女孩把手機收起來，整理好包包，顯然忘了藥還在林睿手上，一副拔腿就跑的姿態。

「等等！妳的藥。」林睿急忙喊住。

「對吼，謝謝。」女孩又是尷尬地微微笑了一下，正伸手要拿。

林睿卻顯得有些遲疑，藥緊握在手上。

「我……我幫妳擦藥吧！」林睿有些緊張，他想或許自己話說出口時也臉紅了。

「啊？這……」女孩下意識地看了看自己手臂後，有些不知所措。

林睿卻盡可能地表現出一副稀鬆平常的樣子，好像一個陌生人幫一個初次見面的人擦藥是再理所當然不過的一件事。

「你自己不容易幫自己擦藥吧！傷口還是處理一下比較好，不然會沾到袖子，到時就更不好處理了。」

女孩沒有回應，卻是認真地將眼光投注在林睿身上打量著。像是在猜他的意圖，卻也像是在判斷他的人品。

林睿只好也以坦然面對，展現出這一切只是善意之舉的姿態。兩個人四目相對。

林睿看著女孩澄澈的雙眼，一陣心跳加速。

他刻意放慢呼吸的節奏，想藉此牽制過動的心。

「好吧！」女孩聳了聳肩，又將包包翻找出 OK 繃交給林睿。

這麼齊全？她是多拉 A 夢，還是太常受傷？

林睿相當小心翼翼、動作輕柔地將藥塗在女孩的手臂上。那瑩透的肌膚，彷彿輕輕一碰就會破，讓他不敢掉以輕心。淡淡的清香從女孩身上傳了過來，或許是女孩常用的沐浴乳香味？

林睿努力控制自己不要亂想，幾乎不敢呼吸。

心，卻狂亂的跳著。

綁著馬尾的女孩露出的頸肩線條，很美很美。

這是他這輩子離一個女孩這麼靠近。

訊息聲又響起。

林睿怕女孩著急，也好奇，故意不經意地詢問。

「你剛剛說什麼要開始了，是急著去哪嗎？」

「嗯，我跟朋友約好要看桌球比賽，臨時想說先出來買個東西，結果有點迷路。」女孩講著顯得有些不好意思，保持不動讓林睿擦藥。

「志文大學？」林睿邊反問，邊拿起 ok 繃、撕開包裝。

「對。」女孩微轉頭，透出《你怎麼知道》的微笑。

「我也要過去，我可以順路載妳去。」林睿貼好了OK繃，也微微笑了一下。

「咦？你也喜歡桌球？」女孩聲音雀躍，眼睛閃過神采。

林睿卻一時語塞，突然停頓了一下，不知道該怎麼回答。

我喜歡桌球嗎？我都放棄了這麼久，我還能喜歡桌球嗎？

他苦笑了一下，搖了搖頭。

「我只是去送便當的。」林睿指了指他摩托車上的便當。

「喔。我還以為你也是球迷。」女孩眼中光采略減，往著摩托車方向看去，下意識的碰觸林睿幫忙貼好OK繃的地方，還有殘餘的溫度，臉上微微泛紅著。

「我就是個便當小子。」林睿故意調侃自己，內心一陣難受，卻是燦爛而溫柔的對著女孩笑著。

「嗯……可是……」女孩語氣猶疑著。

「嗯？」

「你確定你真的有辦法送我去嗎？」

兩個人都看向那堆了滿滿便當的摩托車。

「人家不是都說時間就像……呃……」林睿話到嘴邊突然打住，女孩正睜大著雙眼等著林睿把話說完。

林睿卻馬上感覺不妥。

靠！在女孩面前講「就像乳溝擠一擠就有了」，會不會顯得太下流啊！枉費剛剛塑造出熱心又溫柔的正直青年模樣。

林睿趕忙摸了摸鼻子掩飾，故意清了清喉嚨。

「反正，我想空間應該也是……擠一擠就有了。」

女孩看著林睿露出半信半疑的神情，笑了。

就這樣，兩人搭著林睿那十八歲成年禮的摩托車，正緩緩地行駛在大馬路上。

前方堆著高到近乎到胸前的便當，女孩腿上也幫忙放了一疊便當，就這樣拎著坐在後座。

兩人顯得有些狼狽、滑稽。

「你確定這樣有比較快嗎？」隨著風聲，女孩也提高了音量。

「當然！哪有兩個輪子跑輸兩條腿的道理。」

「你確定？」女孩卻笑了。

「確定。」林睿努力說著不心虛。

「我怎麼覺得風阻很強。」女孩用力壓著便當。

「安啦！」

林睿笑著騎著車，忍不住又哼起了歌，故作輕鬆。

第一台摩托車，第一次載著女孩，感覺還不賴。

他還想再騎慢一點，把此時此刻的美好延續下去。

可惜這段路再怎麼慢也要不了十分鐘。

除非他繞路。

§

「謝啦！」

到了比賽會場外，女孩脫下安全帽交給林睿後，就急急忙忙地想離去。

「欸欸……」林睿趕緊喊住女孩。

女孩匆忙停下腳步回頭，顯得有些茫然。

「什麼事？」

「妳叫什麼名字啊？」

女孩微微一笑，神情輕鬆開朗了起來。

「徐熙貝。你呢？」

「林睿。」

「謝謝你，林睿。」徐熙貝露出甜美的笑。

林睿對著徐熙貝離去的背影傻笑，他自己都不太知道為什麼要問女孩的名字，這麼短暫的邂逅，或許只會是人生長河裡的匆匆一瞥。

但他就是想記住，記住這個特別的女孩，記住這特別的一天。

而或許這一切都因為……

在將來的將來，徐熙貝這三個字，將成為鐫刻在他記憶深處的名字，永遠的停駐在他心上。

他看著體育館外，高掛著【大專盃桌球聯賽】的紅色布簾，不由得覺得有點刺眼。

「桌球啊！」

自從父親離開以後，他就再也沒有好好打過桌球了。

桌球比賽更是一次也沒踏進去過。

他將車停好，一副慷慨就義的模樣，奮力拎起兩大疊便當，朝著一旁的側門走去。走在通往球員休息室的路上，那屬於桌球特有的節奏撞擊聲，清脆響亮的乒乓，彷彿喚醒了他的心跳。

他感到一陣激動，太久太久，不曾踏入桌球的比賽會場，他一直很想再看一看卻又不敢真正踏入，直到昨天接到來自志文大學的電話……

「您好，志文大學體育館，麻煩送五十份排骨便當到桌球比賽會場。」

「喔，好，知道了。」

聽到是桌球比賽時，林睿都還感覺到自己身上竄起了一股電流。

掛起電話後，他像是偷偷做了壞事的小孩一樣心虛。

「媽，志文大學體育館說明天11點要送五十份排骨便當喔。」

他特地隱匿了桌球兩個字，雖然本來也沒必要提起。

「喔！好。」林睿母親從廚房探出頭來應了一聲。

林睿的心臟跳得極快，趕緊假裝忙碌擦桌子去了。

自從父親過世以後，「桌球」成了這個家裡的忌諱。

那一年，父親離開的那一年。

每當回憶起那一年，他的記憶總是零零碎碎的，像是歷劫歸來般成了斷簡殘篇，拼不完整的拼圖。而他，究竟是不是遺落了什麼也不確定……

他只記得原本也熱愛桌球的母親，也曾是選手的母親，徹底的將家裡與桌球有關的東西全都丟棄，包括她結婚前自己比賽得到的獎盃與獎牌。

那時的他才八歲，除了面對父親離去的傷痛，還必須承受一夜之間家裡突然變得空蕩陌生——母親朱家心無聲無息地，連夜將家裡原本擺滿著三人與桌球相關的物品給收走。

那些東西包括了父親送給他的桌球拍、還有他參加國語日報盃得到的獎盃、以及那些掛在牆面上大大的新聞剪報，都一併在瞬間消逝。

一切都被吞沒般，而他永遠浸溺在這一場海嘯裡，無力掙扎。

林睿總覺得那些東西好像是他的，卻又從來都不屬於他，連記憶也是。

從小看著父母打桌球，一路打桌球到長大，整個圍繞著桌球為中心的生活。

轟然地在一夕之間倒榻了。

硬生生地抽離。

在無數個思念父親的夜晚，他總會想起之前練習桌球，因為太過痛苦而忍不住哭泣，父親安慰他說的話……

「不要哭，遇到事情哭是最沒用的，無論多困難，我們都要學著笑著去面對。」

是不是只要乖乖地聽父親說的做，好好笑著面對這些悲傷，父親就能回到身邊？我們是不是就能回到從前？

有時，他仍舊會坐在客廳看著門口，期待能夠聽見父親開門轉動門把的聲音，然後幻想父親就會揚起那燦爛的笑容朝他走來，摸摸他的頭，忙於家務的母親就會匆忙出來迎接，一家和樂融融地。

但很快地，他連想像的機會都沒了。

母親匆匆帶他搬家，徹底離開了熟悉的環境，連婆家跟娘家都不回，沒有任何熟悉的親友。

這個便當店是林睿母親—朱家心五年前才跟朋友頂下來的。

在那之前她每天一早就去早餐店打工，中午再到便當店一直工作到天黑，一個人身兼兩份工才撐起了林睿跟自己的生活。

她不喜歡依靠別人，個性倔得在生活無所依靠時也不肯向任何親友求助。

她不要安慰，安慰只會讓她想起失去摯愛的痛，只會讓她覺得自己可憐。

她只想要足夠堅強的可以撐起來。

她們搬到完全沒有親戚的地方，有的只有很早以前的至交—張素芬和簡塗生。
在朱家心拼命工作時，林睿幾乎是完全託付給他們了。

後來朱家心撐了過來，存了錢頂了店，逐漸穩定了下來。

林睿也日益茁壯，兩母子開始共同一起經營這間店。
林睿開始天天來幫忙，當稱職的小助手。
平常上課的日子，放學後就直接到便當店，邊做作業，邊幫忙店裡的生意。
晚上兩個人再一起走回家，這段時間，他們才重新拉回距離。

只是，將近五年的空白，母子關係一直顯得小心翼翼，相敬如賓。
誰也都不敢提起那一年，提起他們共同深愛的那個人。
林睿的父親、朱家心的丈夫。
還有桌球。

林睿走進會場，場內分成一區一區，許多選手正在彼此廝殺。
那樣的場面，恍若隔世，卻又那樣熟悉，所有的回憶正四面八方朝著他洶湧而來，情緒交雜在一起。

「辛苦了。」一名和藹的工作人員匆忙跑過來。

林睿顯得有些恍惚，周遭乒乒乓乓乒乓，嘈雜卻自成節奏交錯，不絕於耳。

如果父親還在，自己也終將會是這些人的一分子吧！

曾經，這一切離自己這麼靠近，現在卻與自己毫無關聯。

「謝啦！」

他接過那名工作人員遞來的錢，正準備離開走向出口。

一名年輕男子迎面走了過來，面露微笑與他擦身而過，兩人眼神匆匆交會。

那名男子身上穿著志文大學的球衣。

「下一場男子單打，志文大學胡一聽對上聯合大學趙震宇。」廣播聲響起。

他不住轉頭看著那名叫做胡一聽男子的背影。

萬般留念的，這些也曾經是他的舞台，內心的澎湃卻無法抑制。

他搖了搖頭，這些都不甘他的事了不是？

他準備轉身要走，卻聽見乒乓的聲響，比賽準備開打。

一切都充滿魔力似地吸引著他，他停下了腳步。

「下一場男子單打冠軍決賽。」

男子單打冠軍……那曾是父親，也曾是他的頭銜。強大的召喚，讓他不自覺回頭開始觀賽。

場上兩方分別是代表學校，穿著隊服的選手交戰著，兩人神情銳利，互相緊盯著彼此，出手交鋒。

林睿內心的激動，如萬馬奔騰卻無以宣洩。

他看著雙方一來一回，也忍不住擺動起雙手，那是他從三歲後拿起球拍跟著父親訓練，早已養成的反射動作。已經烙印在身體細胞裡的記憶。

「放短。」

「殺球。」

「上旋球。」

「快攻。」

經過了幾次交鋒，在場外的林睿簡直就像是預言家般，出口都比選手實際出手快了一些。他也一邊擺動著手。

「贏了。」

林睿最後隨即和胡一聽一起使出一個殺球。

眾人鼓掌。

這是志文大學的主場，粉絲特別多，歡聲雷動。

林睿笑了，像是自己也跟著打完了一場比賽。

他一臉滿足。

隨即看了自己的手，卻又顯得有一絲絲的落寞。

他卻一臉無所謂的搖頭笑了笑，轉身回過頭準備離去，卻恰好見到正上方的觀眾席裡，徐熙貝正一臉驚愕地看著自己。

「你……。」

林睿笑了笑，擺出一個帥氣的姿勢。

兩人相視，彼此燦爛地笑了。

第二章 暗藏高手

從大專聯賽桌球比賽會場離開後，林睿騎著車在路上繞來繞去，卻始終不肯回到便當店。

他感到自己心臟跳動大到像要衝破身體，千頭萬緒的，激動得像是過度興奮，卻又感受有一股沉悶到無法排解的、無以名狀的哀愁，揮之不去。

是不是自己終究太過年輕？

生命裡有這麼多難解的問題，這些等自己長大以後，是否都能夠獲得解答？

「去你的。」他想試著學海角七號男主角邊騎車邊怒罵宣洩。

「靠，電影都騙人，這樣沒有比較爽啊！」

「哈哈哈哈哈。」他一個人騎著車，歇斯底里地，亂吼亂叫又亂笑。

一陣煩躁，突然方向一轉。

最後在一個傳統市場的入口停下。

此時已過中午。早市早已準備收攤，人群熙熙攘攘，他卻一路一直走，走到市場最深最深處。

隨著林睿的腳步，沉重的咚、咚、咚聲響逐漸大了起來。

越往裏頭，周遭越發陰暗詭譎，市場的眾人們也都默默地朝著林睿看去。

彷彿他正走向什麼鬼魅之地，一但踏入就要萬劫不復似的。

路的盡頭，卻是一名身材火辣、穿著運動削肩背心的女子。

她五官清麗，上著豔麗的妝容，頭髮胡亂地用鯊魚夾別住，幾絡髮絲落在臉頰兩旁，兩個雙臂看起來精瘦結實，正一下又一下地用力剁著沾板上的豬肉。

那一下又一下，發出巨響，令人心驚膽顫。

冷艷的外表、性感的身段卻又儼然是個女漢子般，渾身上下散發著生人勿近的氣勢。

豬肉攤女老闆叫做張素芬，人稱市場美魔女。

已經年過半百看起來卻才三十出頭，平常不苟言笑，對每個人都冷冷地，自帶殺氣，熱絡的菜市場，唯獨只有她這攤子最冷。客人總是跟她點好肉，一手交錢一手交貨，就速速離開，絕不敢多攀談幾句。

明明這麼充滿肅殺之氣，理應生意差到不行，但不知道究竟為什麼，她家的豬肉煮起來就特別清甜。為了那滋味，大家也是相當自虐地紛紛上門。

林睿正直線朝著她走去。

張素芬驟然抬頭，眼神銳利地看了過來。

「阿芬姊。」林睿無視周遭冷冽的氣息，開口就是熟絡地喊著。

張素芬本一張冰霜的臉，卻說變就變，瞬間堆起了親切的笑容。

「小睿你來啦！」親暱地說著，張素芬就彎腰拿了一個袋子，忙著將排骨裝袋。

「來來來，阿芬姨幫你弄點排骨回家燉湯補一補。」正發現不夠，還要再多剁一些。

林睿湊近，轉頭也跟對面菜攤阿塗伯點頭示意，打了個招呼。

阿塗伯，本名簡塗生，熱愛武俠小說，手裡拿著絕代雙驕看著，一臉憨笑點了點頭。

隨即林睿便佯裝不經意地東看西看，冷不防丟出了一句話。

「我剛去看桌球比賽了。」

張素芬不小心一個驚嚇，一刀就砍進了木頭沾板裡。她馬上將眼神投到對面的阿塗伯，他手裡的書也差點掉了下來。

阿塗伯急急忙忙地湊到兩人身旁。

「小睿啊！你說你去看什麼啊？」阿塗伯明明也才五十五歲，整個人卻因為長期窩在一小角看書，背都駝了。

兩人都像是發生什麼大事般，戰戰兢兢地看著林睿。

「桌球比賽。」林睿回得自然。

「桌……球比賽？」阿塗伯小心翼翼地問著。

林睿點點頭。

「送便當過去順便看的。」

「那你……。」阿塗伯滿臉擔憂看著林睿，上上下下、仔仔細細相當靠近地盯著林睿，像是要用眼睛把他生吞活剝似地。

林睿被阿塗伯的舉動給弄得有點哭笑不得。

「那你媽？」阿塗伯隨即又接著問。

「我媽不知道。」林睿回答得極快，斷絕阿塗伯的探詢。

隨即深呼吸了一次

「我想再試一次，像之前一樣。」林睿突然眼睛熠熠發光看著前方。

「完了，果然心情不好。」阿塗伯又是一臉擔憂。

阿芬姊白了阿塗伯一眼，眼神之銳利令人望塵莫及

阿塗伯卻一臉委屈繼續說：「你以前每次心情不好就這樣，結果只會心情更不好。」

林睿臉色一沉。

阿芬姊趕忙將阿塗伯推開，堅毅地看著林睿。

「小睿要試，我們就陪你試！」阿芬姐義氣干雲、豪氣萬千說著。

沒多久，阿塗伯已經搬出一個巨大的折疊桌面，就當場組裝了起來。

「好了。」

阿塗伯得意的一張臉，隨意拿了個抹布揮了揮檯面，煞有其事的一張桌球桌三兩下地出現了，就橫擺在路上。

還好已經是路的最尾端，也礙不了誰。

一些零零星星的菜販老闆們，收好攤的就也湊過來看熱鬧。

阿塗伯將一個桌球拍丟給林睿。

「來！」

林睿接過拍子，正對面站著阿芬姊，兩人都是蓄勢待發的模樣。

只是阿芬姊手裡竟然就拿著一把菜刀，沒有想換成桌球拍的意思。

林睿目光如炬緊盯著阿芬姊準備迎戰。

林睿先發一球，阿芬姊迅猛如雷的快速回擊，菜刀和乒乓球撞擊，發出極其尖銳的聲響。

林睿接下一球，白色的小球躍動著，又彈向阿芬姨，卻是一點殺氣也沒，僅僅只是防守的力道。阿芬姊又再度回應。

說時遲那時快，林睿漏接了一球。

「我就說別打嘛！打了只會心情更差。」阿塗伯身兼裁判卻忍不住嘟囔碎念了起來。

「不會說話就惦惦啦你！」阿芬姊瞪了阿塗伯一眼。

林睿有些頹喪地把球撿回來。

「沒關係再來！」阿芬姐對著林睿喊一聲。

「小睿啊！你老是無法殺球，這樣很吃虧。我是說如果你還想繼續打桌球的話。」阿塗伯繼續在一旁唸唸叨叨說著，一場球打下來都是他的話。

林睿又驟然失了一分，臉上落寞。

阿芬姐也被阿塗伯弄得十分不耐。

「吵死了！！！」阿芬姐石破天驚一個怒吼，獅吼功般，在場的人無不將耳朵摀起。

阿塗伯才趕快一臉殷勤的湊了過來，滿臉歉意。

「不然換我來試試，拿著菜刀打球誰不被你嚇死啊！萬一飛出去怎麼辦？」阿塗伯邊說邊小心翼翼地試著要卸下阿芬姐的菜刀。

阿芬姊將手一個用力抽回，沒好氣地朝他又瞪了一眼。

「最好你這鐘樓怪人的模樣就不會被嚇到。」阿芬姐退到一旁，準備觀戰。

阿塗伯竟然手裡拿著書，一副就要打球的姿態。

「來吧！」阿塗伯喊著。

林睿深呼吸了一下，重振旗鼓。

誰知，阿塗伯也不遑多讓，出手才知他也深藏不露。

原本看他那虎背熊腰，駝著的背、還有看似緩緩笨拙的模樣，一拿起書擊球，身手俐落熟練，整個人穩健而靈活。

林睿趕緊接下一球。彼此又來回了幾次，林睿卻始終無法突破，雖然能穩穩地接住球，卻始終無法得分。

原來阿芬姊跟阿塗伯，之前也曾經是國手，和林睿父母是至交。
那時兩人也是因為打桌球認識的。

卻大約在二十多年前就雙雙退出了球壇。

在阿芬姊還是個少女時，因為年輕氣盛得罪別人差點被圍剿。
當時家裡經營豬肉攤的少年路見不平，一個人頂下了所有人的攻擊，幫阿芬姊解圍。
從此她就認定了他一個人，彼此相戀了好多年。
然而阿芬姊的男友後來移情別戀、愛上了別的女人，阿芬姊從此時常跑到豬肉攤癡癡的守著，一廂情願地覺得只要她不走，他總是會回來的。
直到他男友惹了事，跑路去了。

阿芬姊開始代替男友照顧父母，甚至還接了豬肉攤。
最後阿芬姊球也不打，就這樣守著豬肉攤，癡癡等著男友回來。

許多人去勸她，她執拗的不願聽。
透過朋友輾轉得知阿芬姊情況的阿塗伯，為了想守護阿芬姊，竟然球也不打了，跑到阿芬的豬肉攤前頂下了那個菜攤，從此天天陪著阿芬姨。

「我知道我勸不了妳，我陪妳一輩子行吧！」阿塗伯那天這麼說。

阿芬姊叫他回去。

「我不勸妳，妳也別勸我。」

阿芬姊等跑路的男友等了二十多年。

阿塗伯也就陪了阿芬姊二十多年。

阿芬姊常笑著對林睿說，那是她看過阿塗伯最有氣魄的時候。回想起來也覺得轟轟烈烈。

在林睿父親過世之後，也因為阿芬姐跟阿塗伯早已和桌球無關，林睿母親才會選擇和他們聯繫。

忙碌時，就將林睿託付給他們照顧。只是林睿母親沒有料到的是，他們兩人從來也沒荒廢過桌球，更是已經練就了用菜刀、書本就能打球的絕技。

「我說小睿啊！桌球不是這樣玩的，這樣下去永遠都沒有勝負，就像在練習一樣，來來回回打到天黑都沒問題，但問題就是沒勁啊。」阿塗伯邊打邊苦口婆心的說著。

林睿心裡有點不快，在阿塗伯回擊過來時，想抓緊機會殺球，無奈手竟然瞬間一軟，整個人一虛，反倒連球都沒打到，還直接被擊中身體。

那一下，林睿感到心裡一陣痛楚。

唉，林睿嘆了一口氣。

「我果然克服不了。」他把球拍放到桌上，面如死灰。

「我輸了。」

他走到阿塗伯的菜攤頹然地坐下，一動也不動，瞬間石化成了雕像。

阿塗伯和阿芬姊面面相覷，不知道該怎麼辦才好，剛剛神氣活現的兩個人，現在倒像是做錯事的小孩一樣。

「就說妳明知道他的毛病，不會讓著他一點喔？」阿塗伯怪阿芬姐。

「你說我？那你咧？」阿芬姐又爆氣看著阿塗伯。

「我實力就這麼強，很難控制嘛！」阿塗伯說的一臉無辜。

兩人互相指責怪罪了一番。

阿芬姐靈機一動趕忙去自己攤子拿了兩個裝滿排骨、三層、五花肉的袋子。

「林睿啊！阿芬姊幫你準備好多好料的。一袋給你們自己吃，另外一袋是給你媽便當店的。」

「小睿啊！阿塗伯這也一些菜打算給你帶回去。」阿塗伯也趕忙裝了白蘿蔔還有高麗菜、山蘇、蔥、薑、蒜等提了過來。

兩人趕緊堆起了笑，將好幾袋東西放到林睿面前。

林睿眼神呆滯地看了兩人一眼，奮力拿起了幾大袋菜，對著阿塗伯跟阿芬姊丟了一個皮笑肉不笑的臉，有氣無力地走了。

「唉，送便當就送便當，怎麼這麼巧送到桌球比賽去，真是太苦命了這孩子。」阿塗伯看著林睿的背影說著。

「對啊！不知道他什麼時候才能走出來，一殺球就手軟，還能打嗎？」阿芬姊也面容擔憂地看著林睿的背影。

「就算能打，家心那邊也不知道怎麼樣？」

「嗯。」

「可憐的小睿。」

「可憐的小睿。」

兩人一搭一唱看著林睿走去的背影，嘆息著。

而兩人則在眾人鼓動下，阿塗伯跟阿芬姊一個拿書一個拿著菜刀，就開始比了起來，場面一陣熱鬧。

和林睿的落寞形成了強大的對比。

林睿走在回家的路上，滿腦子都是這些年打桌球的挫敗。

記得一次母親將他託付給阿塗伯，小小的林睿在人來人往的菜攤裡，不發一語顯得相當孤單。阿塗伯拿了各式各樣的東西、玩具、零食諄諄善誘，希望能打開他的心防，直到拿了桌球拍，林睿的眼中才閃出了一絲光亮。

林睿接過球拍，珍惜而呵護地摸著。

阿塗伯才知道林睿很想念打桌球的時光，急急忙忙去弄了一個桌球台來。

但也是那一次，林睿才知道自己再也無法殺球攻擊。

父親的離開，造成了巨大的陰影。

每一次當他試著想攻擊，腦海中就會浮現父親痛苦的臉，接著手就會瞬間沒力。

他沮喪著自己再也無法像以前一樣。

他常想，或許像母親一樣徹底的逃開關於桌球的一切才是最正確的做法。

只是今天，那個叫徐熙貝的女孩，說起桌球時的炙熱眼眸，喚起了他內心的渴望。

只是今天，跟著桌球比賽揮動的雙手，讓他誤以為自己克服了。

他邊走邊想起了那個女孩，那個喜歡桌球的女孩。

他真的好想重新打桌球。

第二章
甜美的相逢

「你們也太誇張了吧！又不是離家多遠！」林睿站在志文大學門口，整個人覺得實在有點冏。

阿芬姊和阿塗伯兩個人不知道為什麼，非得在林睿上大學的第一天在校門口上演十八相送。

「不！你不知道，想到你終於長大了，我就覺得很激動。」阿芬姊說著竟然有些哽咽。一個平常高冷得讓人簡直感受到急凍寒流的人，說話說到快哭出來，真的顯得很錯置啊。

這哪招？林睿內心三條線。

「對啊！當初你才小學沒多久，我們一路看著你國中、高中，現在大學，你不知道我們心裡多感慨。」阿塗伯誇張的帶著動作說著，不小心引起了周遭的同學側目。

這到底是……林睿臉上也三條線。

「對了，需不需要我們陪你走進去？」阿塗伯突然喜孜孜地看著周遭的人群，眼神落在幾名打扮得青春洋溢的女生上。

「吼，不用啦！丟臉死了。」林睿白眼都快翻盡了。

他覺得好丟臉，又不是小學生。

「嘿嘿嘿！小睿你知道大學 University 代表什麼？……就代表由你玩四年！記得要好好修戀愛學分，社團學分啊！是說……小睿，你想要選什麼社團？桌球嗎……」阿塗伯絮絮叨叨地，顯得相當興奮，好像是他自己要讀大學一樣。

「我……」林睿有些語塞「看看再說。」

阿芬姐又狠瞪了阿塗伯一眼。

誰知阿塗伯根本沒注意自己講話又刺到林睿，只顧著看周遭的年輕女孩們。然後讚嘆了一句：「啊！真是充滿青春的氣息啊！聞起來真是芳香，真的不用我們陪你進去逛逛？」

「不用了。」林睿沒好氣的，回答完就趕緊轉身離去。

「看夠了沒？回去了啦！」阿芬姐看阿塗伯色慾薰心的模樣，狠狠地打了他一下。

§

很久很久以前，總有人開玩笑說什麼大學就是”由你玩四年“，取自UNIVERSITY的諧音，他每次聽都覺得有種令人苦笑不得的難笑感。偏偏這卻是一路從小聽到長大。

其實志文大學他早就不知道來過多少回了。

高中時，他偶爾會假裝自己是大學生到圖書館去晃晃，他常常幻想自己脫離了高中，脫離了每天被釘死在座位上只能讀書的日子。

不知道從什麼時候開始，好像生命裡最重要的事情，就只剩下讀書。

「學生的本分就是念書。」

母親總是這麼說，而他也只能照做。他知道母親為他失去太多，而他能為母親做的，除了幫忙便當店，也就只剩下乖乖讀書了。

很多長輩老師什麼的都說，考上大學就沒事了，就自由了。

每一個人都要他們把希望託付在大學，好像所有的問題到了大學就會迎刃而解。於是每一個人拼命地把大學當作目標。

考上好大學，未來是不是就能一片光明了？他覺得很迷惘。

現在真的成為大學生了，他仍然絲毫感受不到自己的未來會是怎麼樣的。

他其實不只一次想過是不是應該考得離家遠一點，去體驗一個人的生活？卻又不捨這些年只守著他、守著便當店的母親。

母親撐起一個家，現在，他好不容易長大了，無論如何也都應該幫忙分擔。

於是，他努力考上了離家僅僅只要十分鐘車程的志文大學。

換他開始來守護母親。

眼前走過幾名一身體育裝扮的學生，充滿朝氣。

他忍不住多看了幾眼。

近幾年，志文大學開始特別優先招收一些體育專長的學生。

桌球就是其中一項，高中如果是校隊或是曾經參加一些縣市全國比賽的，就能被視為入學的加分條件。

不僅如此，志文大學也爭取了好幾種體育項目的主辦權。

而就上次桌球比賽來看，志文大學的男子桌球選手，那個叫胡一聽的實力確實是不容小覷。

那天，徐熙貝是特地來看胡一聽比賽嗎？如果是，他還能再次遇見她嗎？

他突然閃過這個念頭，忍不住笑了，他笑自己這麼容易想起她。

距離上一次遇見徐熙貝也已經九個多月了。原本以為只是一次不經意的邂逅，沒想到徐熙貝的身影卻時常浮現在腦海。

每當他騎車送便當的時候，開始不自覺地會朝路邊看去，當他看到綁著馬尾、皮膚白皙的女孩，常常以為是她，仔細一看卻又都不是她。

偌大的禮堂開始進行校園介紹。

周遭盡是多采多姿的人群，每個人都打扮得很亮麗，就像春天百花齊放，萬紫千紅、爭奇鬥艷的。或許只是因為不用再穿制服，或許只是因為沒有髮禁，或許，只是因為換了一個更大的校園，一切就顯得更寬廣，更加自由

校長開始致詞，等所有該介紹的都介紹完，眾人也差不多睡了一片。

接著，所有的人們轉移陣地，準備到自己的系所。

集體式的遷移。

林睿百無聊賴的跟著人群的流動，離開。

他走到傳院的指定教室，找了個角落的位置坐下，然後就盯著前方的大螢幕發呆。

前方出現一名白皙的女孩，隨著階梯式的教室逐步往上，頭後的馬尾跟著左右搖擺著。

又一個徐熙貝。他在心裡自嘲。

那個徐熙貝竟緩緩地朝著他走了過來，在他身旁坐下。

「嗨！你也是傳院的？」

那個原本面目模糊的徐熙貝，此時此刻清晰了起來。

林睿有種夢裡的人跨到現實的感覺。

「咦？」原本無聊到已經半趴著的他，整個人趕緊坐起盯著徐熙貝看，碰撞到了桌面發出巨大的聲響。

徐熙貝看著林睿的人動作反應也有點嚇到。

「你不認得我了啊？」徐熙貝抱著背包，還是上次那個裝著藥的那個。

林睿此刻才有了些真實感。

林睿搖了搖頭。

徐熙貝看林睿搖頭，臉上露出尷尬的神情，突然顯得有些緊張似地，臉上也染上了一片紅。

她深呼吸了一下……

「喔，就是去年……」

林睿趕緊再度搖搖頭，非常用力且堅決地。

「不是，我記得，我記得妳。我一直都記得妳。」他打斷了徐熙貝的窘迫。

「我只是很驚訝會在這遇見妳。」林睿急切的說。

徐熙貝聽完，燦爛的笑了。

「對吧！很巧吧！我剛在外面看你走路像遊魂的時候還不敢確定。」

「我走路像遊魂？」

「對啊！誰會大一新生就像遊魂？超沒朝氣的。」徐熙貝顯得放鬆了些。

「剛剛校園導覽太無聊了嘛！我還準備來這裡先睡一下說。」林睿搔搔頭也跟著笑了。

於是，她們相認以後，即使林睿沒睡，整個傳院介紹仍是被拋諸腦後。

因為徐熙貝開始不停地絮絮叨叨，林睿根本幾乎都來不及回應，也毫無任何縫隙能讓插話，以致整段談話他一直都在點頭跟傻笑。

她說起幾天前自己先搬到附近，自己一個人住的事情，說她這輩子還沒一個人住，所以有點緊張，結果一直重複吃同一家店。

「因為我只認識那間店，就是那天來看比賽之後，我和朋友一起吃的店。」

林睿才依稀浮現那天徐熙貝坐在觀眾席，身旁好像還坐著一個女生。

她接著自顧自地說著，結果那一間店大概每一個能點的她都點了。

「老闆一定會覺得我很奇怪，會不會以為我是美食評論家？每天都去，還把不同菜色點完為止，突然就出現一個超忠實的客人。」

林睿聽著有點訝然失笑，怎麼跟印象中的她不太一樣，她原本就是這樣話不停的人嗎？

「其實我只是有點害怕，我還不太敢一個人吃飯。所以老是點外帶。但想想又覺得製造垃圾，油膩膩的不好洗，之後還要丟垃圾好困擾。」徐熙貝臉皮很薄，真的很薄。

「我其實沒有一個人生活過，所以剛剛看到你我還滿高興的。」徐熙貝越講越小聲，像是說給自己聽。

徐熙貝的臉皮真的很薄，薄到看得到微血管，瞬間她臉又紅了起來。

林睿盯著徐熙貝的側臉，有點看出神了。

堅毅外表下，帶著笑容侃侃而談的徐熙貝，此時此刻看起來卻是如此地柔弱。

林睿覺得有點不敢相信，畢竟她之前這麼勇敢，還出手救那名婦人，連受傷都不怕，甚至看起來還相當的難以親近，林睿一直以為她是一個很酷很率性的女生，完全沒有料到有著這麼怯弱的一面。

徐熙貝說她是台南人，從小父母就保護得很好。所以故意考上離家裡很遠的學校，就是想訓練自己獨立。

不過，也是為了桌球。

「桌球？為了想看桌球比賽就考來這？」林睿不解，有需要這麼大費周章嗎？

「當然不是，志文大學是目前桌球最強的學校，很認真在招收有潛力的新人喔！我想去試試。」

「妳……想當桌球選手？」林睿有點詫異。

「對啊，你要不要也一起去試試？你那天……」徐熙貝十分雀躍地說著。

「我？不用了。」林睿突然變臉，語氣透露不悅，瞬間就打斷了徐熙貝的一頭熱。

「可是那天你明明……」徐熙貝顯得有些錯愕。

難道那一天我跟著揮動雙手全被她看在眼裡了，林睿心想。

他忍不住想起相遇的那天，在比賽會場裡，轉頭就看見徐熙貝詫異的看著自己，接著對自己燦笑的模樣。

「話說，妳選好課了嗎？」

林睿看見徐熙貝的表情有些僵，才驚覺自己可能不小心語氣不好讓她受傷，趕忙轉移話題。但他真的一點也不想談到桌球、談到自己。

徐熙貝熱烈的情緒轉而有些消沉，頭低低的看著筆記本。

「選好了，其實太一也沒多少選擇。」

林睿想，或許某種程度他也沒有選擇。

就像他從小喜歡打桌球，但卻再也打不了桌球，生命中永遠少了一個選項。

林睿拿出自己選好的課表對照，發現彼此很巧的同系同組，課幾乎都一樣，以後都可以一起結伴上課，徐熙貝對於自己有個人陪，似乎顯得有些高興，又重新展開了笑顏。

沒多少選擇的我們，卻這麼恰好的走在一起。

這樣一想，林睿又覺得沒多少選擇，也不是什麼壞事。

傳院介紹一結束，同學們紛紛散場。

林睿跟徐熙貝還忘我的坐在教室裡聊著天，談論聽說什麼課比較難修，聽說這學校有什麼奇怪的傳聞。

此時，一個面容姣好身材高挑的女孩從門口走了進來。

「貝貝。」那名女孩一路走來，然後對著徐熙貝熱情 喊著。

徐熙貝一臉親暱笑著跟莊晴晴招手。

莊晴晴邊走過來邊盯著林睿瞧，面露狐疑的神色，開始打量著。

「這麼快就交到朋友？」莊晴晴的表情曖昧、似笑非笑。

「晴晴，這就是我上次跟你提的，送我去看比賽那位，妳說巧不巧，我們竟然同系欸。」徐熙貝熱情的介紹林睿。

「按照這種巧合邏輯，要是在偶像劇裡，你們八成就會演變成情侶了吧！」莊晴晴毫不在意兩人的感受大辣辣地說。

林睿跟徐熙貝都瞬間一臉尷尬害羞。

徐熙貝滿臉通紅，朝著林睿，眼神卻不敢對上。

「晴晴她，就愛亂開玩笑，我們是鄰居一塊長大的，不過她比較像我姊姊，很照顧我，腦袋也比我好，讀資工系。上次也是她跟我一起看桌球的。我們約好今天一起吃飯。」

林睿突然覺得心裡有點隱隱失落。

他其實已經想好或許等等可以騎車帶她去學校附近晃晃，熟悉環境，然後……或許再一起晚餐，這裡他熟門熟路的。

但原來她有伴。

「對啊！不知道是誰說要嘗試獨立自主，就先搬上來，還堅持不住宿舍，說自己先生活幾天。昨天才打電話求救……」

徐熙貝衝著林睿傻笑，顯得不好意思。

「不過沒想到她這麼快就交到朋友了。怎麼樣？我們要一起去吃飯你去不去。」

雖然是邀請，但莊晴晴完全就是一副咄咄逼人的姿態，不知道怎麼會說得這麼像逐客令。

徐熙貝看看林睿，林睿又看看兩個女孩，覺得自己還是別掃興了。

「我要回去便當店幫忙。」林睿面無表情，俐落地把背包背起來，準備走人。

「喔。那再見。」莊晴晴也乾脆地說。

徐熙貝卻顯得有些欲言又止。

和兩人道別之後，林睿卻有一種不可思議的感覺。

這幾個月來，腦海常常浮現的徐熙貝，竟然真真實實地在自己面前。

或許，大學生活比自己想像的來得再好一點也不一定。

他想著，就又覺得快樂了起來。

§

開學後，林睿和徐熙貝每次上課都幾乎形影不離。

不論誰先到就一定會為另一個人佔好位置。

要是誰暫時離開位置或遲到，遇見老師點名，另一個人都會幫忙跟老師說明。

徐熙貝面對其他人卻總是一副清冷的模樣，從不主動跟人交談。

只有林睿出現，才又變成那個侃侃而談熱情的模樣，同學們都以為他們早就認識，是高中同學之類的，或本來就是一對。

但默默觀察一陣子，又發現不像戀人，開始偶爾會有其它男生傳紙條過來給徐熙貝。

坐在一旁的林睿每次看到紙條傳來，心裡總是有些疙瘩，卻又說不清那是什麼滋味。

他總是會偷偷地注意徐熙貝打開紙條、閱讀的表情。

有的時候徐熙貝會轉過頭，朝著紙條傳來的方向看去，然後就將紙條放到一旁，然後似有若無地也朝林睿這邊看過來。

林睿不是假裝沒看見，就是故意半開玩笑地說：「哎唷！行情不錯喔！」

但卻從沒見過徐熙貝回應誰，陸陸續續，開始會有一些男生偷偷跑來問林睿

「欸，你是怎麼跟徐熙貝混熟的啊！」

傳播學院本來男生就少一點，林睿也沒有一定要和其他男生當朋友的強烈動機，如今卻因為這樣反而成了那些男同學爭相詢問的對象，他有點哭笑不得。

然而這個問題，連林睿自己也沒有答案。

一切都這麼理所當然、順理成章似地。

而身為女孩子的徐熙貝，也好像沒有拓展朋友圈的慾望，一副很理所當然的和林睿一起上課、一起分組。

有一次換下一堂課的時候，他終於忍不住開口問：「這麼多男生傳紙條給妳，妳怎麼都不傳回去？」

「為什麼要傳回去？」徐熙貝講得理所當然。

「禮貌啊！」林睿也講得理所當然。

「喔？」徐熙貝停下腳步，看向林睿，像是在確認什麼，然後就繼續往前走。

「他們寫的我都不知道怎麼回。」她說。

「有這麼難？」林睿詫異。

「對啊！比數學還難，我數學從來沒及格過。」徐熙貝的回答讓林睿有些措手不及。

「那……拿來我幫妳解題解題？」林睿問。徐熙貝卻像沒聽見似地走進教室。

徐熙貝真的很特別，對人顯得這麼冷淡而不在乎，連林睿自己都好奇了起來，自己何德何能被青睞？或許，徐熙貝只是如同自己說的，她只是還不習慣自己一個人生活，所以才先選擇和自己成為朋友？

徐熙貝曾說那天看林睿的行為就覺得他是個好人，所以答應讓他幫忙擦藥。接著就是出於一種熟悉的安全感，自然而然地相處在一起。

後來，徐熙貝才說自己有點社交恐懼，常常會懶得認識新朋友，但其實又需要朋友才有安全感。

她說當初媽媽懷孕時羊水提早破了，在床上躺了一個多月以後，才把她生出來。或許是因為早產兒的關係體質不好，後來她常常生病，所以家裡的人就百般呵護，不讓她做任何激烈的運動。

從小就吃好多好多中藥，各種什麼補藥、維他命之類的。藥罐子。她說自己。

但還是很常生病，所以就也常常跑西醫，跟醫生都混得很熟了。還有什麼拔罐啦！氣功啦！針灸啦！放血啦！整脊啦！各種奇奇怪怪的民俗療法。

高中以後，身體才稍稍穩定了一點。

不過或許因為也沒什麼在運動，肢體不協調的關係，很容易跌倒，所以就很習慣在背包裡準備優碘啦！OK 繃啊！這類東西。

徐熙貝開始把自己的腿啊、手啊，一些大大小小的疤痕給林睿看，毫不避諱。她把自己的病程講得這麼如數家珍又輕鬆，林睿聽得恍然大悟，原來是這樣才會把背包當作醫藥箱一樣使用。

不，總覺得好像還是有哪邊怪怪的。

「老實說，要不是我數學不行，我應該當醫生才對！久病成良醫啊！」

林睿對徐熙貝下這個結論很刮目相看，一個女孩身上這麼多疤應該是可以講的聲淚俱下的事才對。

「但這跟社交恐懼有什麼關係？你不是都說可以跟醫生混很熟了嗎？」林睿說。

徐熙貝不以為然地看了看林睿。

「拜託，我金枝玉葉，我太害怕死掉了。」

這又有什麼關聯？

「那你之前還做這麼危險的事？」林睿忍不住反問。

徐熙貝有些納悶看著林睿。

「救人啊！自己還摔倒。」林睿說。

「嗯，因為我想活得有意義一點。反正也不差再多受一點傷了。」

林睿發現徐熙貝講話都有一種在自己世界裡的感覺，卻又那麼地自圓其說的理所當然。他對她的講話邏輯顯然還需要一點時間熟悉。

但過了更久一點之後，他發現根本很難用正常的腦袋來應對徐熙貝。

因為沒多久，林睿還發現徐熙貝還很喜歡一次問兩個問題，或是一個句子裡有兩個重點。每次他都抓不著頭緒，根本來不及回應，最後他開始只回答第二個問題，發現徐熙貝也不會回過頭問他第一個問題的答案。

「欸，等下中午吃什麼？等下陪我去買一下文具好不好？」

「好。」

「欸，傳播理論你要用印的還是買的？我忘了帶立可白，可以借我一下嗎？」

「好。」

「你看這個廣告超廢的，不知道明天會不會下雨？」

「應該不會吧！」

徐熙貝真的很特別，他不禁這樣想，是不是因為她所謂的人際恐懼，才產生這種特有的說話方式？

他突然很敬佩自己有辦法跟徐熙貝聊天。

林睿曾經一廂情願地想著，若徐熙貝一直這樣特別下去，若只有他能夠承接她所有的一切，那是不是他們就永遠是「他們」，再也不會有其他人？

但顯然，他錯估了情勢。

徐熙貝對桌球的堅持，以及他桌球的心魔，硬生生成了橫在他們之間的裂痕，越裂越大。

§

社團招生的第一天，校園的廣場各式各樣的攤位正熱鬧的展開。

一早，徐熙貝異常雀躍，她特地約了莊晴晴跟林睿一起吃午餐，接著就拖著兩人去逛社團招生。

他知道會有這麼一天，但看著到處都是琳琅滿目的社團，卻還是懷抱著僥倖，希望徐熙貝會改變心意參加一些、他們可以一起加入的社團，那麼或許，他們就能像現在一樣，形影不離。

眼前吉他社、珍珠奶茶社、動漫社、易經社、同人社，所有想得到的什麼光怪陸離的興趣都能成為社團。

林睿故意拉著徐熙貝到處看，想勾起她一點興趣。

一邊他也覺得大開眼界，大學的社團果然和高中還是有一點點區別的，高中的好像都是一些比較想像得到的，但眼前珍珠奶茶社的攤位，各式各樣的珍珠都有，大珠小珠落玉盤，還有包餡珍珠，五顏六色。茶也有分蜜香紅茶、阿薩姆紅茶、錫蘭紅茶。

標語就寫著「力求什麼珍珠什麼奶茶通通都有。」完全就是充滿研究精神的珍珠奶茶社。

林睿正想說過去拿一杯奶茶給徐熙貝喝看看。

卻只見徐熙貝眼睛炯炯有神，突然興奮地大喊：

「桌球社！」

她遠遠地指著桌球社，突然急速前進，卻在距離大約三公尺外停了下來。

「啊！太幸運了，是胡一聽學長欸！」

桌球社攤位裡正站著胡一聽，徐熙貝一臉雀躍，眼睛簡直迸出愛心。

林睿心裡一陣說不出的沉悶。

莊晴晴似乎瞥了林睿一眼，卻轉頭笑嘻嘻地對徐熙貝說

「現在可以名正言順叫學長，感覺是不是更靠近了一點？」莊晴晴故意調侃徐熙貝。

「走吧！」徐熙貝高興地拉著兩人，林睿卻不動。

「等等，桌球社？你不是應該去參加甄選去校隊嗎？」林睿忍不住問

「我也想啊！不過直接去的話一定瞬間被淘汰，所以只能走迂迴路線。我打聽過了，胡一聽學長雖然是校隊隊長，但同時也是桌球社社長，你知道為什麼嗎？」徐熙貝講得頭頭是道，滿臉驕傲。

「當球探啊，去甄選壓力這麼大，可是桌球社只是有興趣去玩的人就會參加了，但裡面也有可能有一些人相當有潛力，他身兼社長，就可以就近拉人進球隊啦！」

徐熙貝自顧自地講得異常的興奮。

林睿卻不知道怎麼做表情，他一點也笑不出來，卻又不捨冷峻地對待徐熙貝

他想他一定看起來很僵，他試著想微笑，心裡卻覺得很酸很酸。

「怎麼樣？要不要一起去桌球社玩玩？搞不好胡一聽學長會覺得你很有潛力，就變成校隊了。」徐熙貝轉頭看著林睿。

徐熙貝又再次邀約了林睿一次。

「別看我，我對桌球沒興趣。」林睿不屑地說著，卻同時迎接徐熙貝的失望眼神，心裡痛了一下，他感覺自己把徐熙貝往外推了。

他趕緊轉頭看向其他社團，想避開徐熙貝的眼睛。

「剛剛珍珠奶茶社就挺好的啊！搞不好之後還可以開店賺錢，或是在我媽的便當店……。」

林睿試著緩和氣氛，半開玩笑地說著。

徐熙貝卻像沒聽見，早就已經一臉落寞轉頭裝無辜的樣子看著莊晴晴。

「晴晴？」

「好啊！我參加，反正只是玩玩，我才不像某人這麼彆扭。」莊晴晴揪了林睿一眼，帶著一種鄙視。

林睿不知道為什麼始終覺得莊晴晴不喜歡自己。

徐熙貝拉著莊晴晴一塊兒過去桌球社的攤位前。

林睿表示想看其他社團等等再會合就好，不願走近。

然而當徐熙貝走遠，他卻又一直情不自禁地往徐熙貝方向偷偷看去。

「歡迎，學妹！想加入桌球社嗎？」胡一聽正燦爛的對著她們微笑。

徐熙貝白皙的皮膚瞬間一陣紅，心儀的偶像就站在自己面前，她一副小迷妹模樣，開心又害羞得說不出話來。

莊晴晴故意指著徐熙貝。

「是她啦，她是你的超級粉絲，喜歡你三年多了。」隨著莊晴晴講得這麼理所當然，徐熙貝又羞又窘瞪大雙眼看著莊晴晴，她趕緊偷偷拉著晴晴的衣角。

胡一聽卻仍是笑得溫柔，看著兩人。

「她啊，說超想參加球隊！但還不太會，先來社團練練看。」莊晴晴自顧自地說完。

徐熙貝害羞地低著頭，不知道該怎麼辦。

胡一聽看著徐熙貝滿臉通紅、不知所措的模樣，覺得實在是很可愛，也趕忙笑著圓場。

「好啊！歡迎。桌球是很有魅力的運動，不過如果目標是想加入球隊，可能對初學者來說會很辛苦喔！」胡一聽講話很輕柔，用一種對待小小孩的方式對徐熙貝，語氣裡有種寵溺。

徐熙貝臉紅著點點頭，溫順地：「我知道。」

「有學長在，再苦我相信她都會覺得是甜的啦！」莊晴晴見狀笑著調侃。

「莊、晴、晴，妳不要再亂講話了啦！」徐熙貝咬牙切齒氣惱著。

「好啦，不逗妳了。」莊晴晴爽朗的笑著說得起勁，又對著胡一聽說

「欸，學長我跟妳說，她臉皮超薄的，一點點什麼事臉就會瞬間紅起來，超好逗的……。」

胡一聽眼睛瞇得彎彎地，笑得相當迷人看著徐熙貝，徐熙貝也顯得相當不好意思。

「那妳們把基本資料填一填。……我們基本上星期二在體育館打球練習，下周會有社團迎新……。」徐熙貝跟莊晴晴兩個人邊連忙寫下資料，邊聽著胡一聽簡介。

林睿遠遠看著他們熱絡的互動，覺得不是滋味。

突然，徐熙貝轉頭看了過來。

林睿趕忙向鄰近的土風舞社拿起活動傳單裝忙。

「同學，對土風舞有興趣嗎？歡迎來看我們表演喔！想來體驗看看也可以……」

一名女生熱情地向林睿介紹。

林睿恍恍然地聽著對方的介紹……後方還有一組人馬正在跳著舞……

周遭喧囂的音樂鼓聲，明明這麼歡樂，他卻一點也提不起勁。

突然間，他腦海中熟悉的乒乓乒乓聲敲擊著。

他想起父親林海說的：「這世界上沒什麼大不了的事情，要學著笑著去面對。」

不知道從什麼時候開始，他養成了一個習慣……

他常常都會想著，如果父親還在，遇到這種情況會跟他說些什麼呢？

如果父親還在，他也會毫不猶豫地選擇參加桌球社吧？

徐熙貝卻不知道哪時湊到林睿身邊……

「你想加入土風舞社啊！」

林睿有點反應不及，卻下意識地看了看周遭，發現只有徐熙貝一個人。

「沒啊！表演活動好像挺有趣的。」林睿將傳單拿給徐熙貝看，兩個人就邊走邊離開了攤位。

「我瞎晃了一陣，發現什麼都有竟然沒有便當社，好歹我也是便當小王子耶，你說我要不要來創個社？」林睿故意打趣的說。

「你先帶我去吃你家便當店鑑定一下啊！」徐熙貝笑著說。

「我怕妳犯了我媽的禁忌。」林睿不小心脫口而出。

「什麼禁忌？」徐熙貝張著大眼看著林睿，林睿才驚覺自己說溜嘴。

「說她煮的菜難吃啊……是說妳入社了嗎？」

「當然，下周就要迎新，然後開始要練習了。」

「喔。」林睿有點落寞，拿手機看了一下時間。

「那走吧，我陪妳去買適合的球拍？」

「真的？」徐熙貝一臉喜出望外。

林睿燦爛的笑著點點頭，他很高興徐熙貝此時此刻在自己身邊。

「我還以為你只要是談到桌球都退避三舍呢！」徐熙貝晃呀晃著她的馬尾，開心地和林睿邊走邊聊著。

「只要不叫我打球都沒事。」

「你是上輩子被桌球打到受傷是嗎？」徐熙貝半開玩笑，林睿卻笑而不答。

日子，若能這樣簡簡單單下去多好？

第四章 進退之間

桌球社的活動開始後，兩個人的生活也產生了變化。

之前徐熙貝雖然有莊晴晴這個好友，但始終因為系所不同，很難兜上。所以只要是在學校，徐熙貝總是和林睿形影不離。

一有空堂，徐熙貝總是拉著林睿到處去逛，彷彿要徹底摸透這個校園內外的每一處才肯罷休，然後每一天他都要應付她各式各樣的問題，還有各種個人觀察與感想。

就像她有時候會興高采烈地拉著林睿去探詢校園裡傳說的神祕事件。

「欸，我聽說就是這個電梯，會在晚上10點以後帶你到B1，可是這棟樓根本沒有B1，要不要一起搭搭看？」

「現在又還沒晚上10點，而且搞不好只是人家新建了B1停車場。」林睿總是一臉淡然地回應。

「是嗎？」徐熙貝總會天真的反問。

又或者她會到校園某一個角落，幽幽地說：

「就是這裡，聽說每天晚上這個學校創辦人的那個，就會在這裡遊蕩。」

「哪個？」

「那個啊！我膽小不能說出來啦！不然聽說那個就會知道你在說他。」

林睿常常都被徐熙貝這些舉動給惹得哭笑不得，說自己膽小卻又整天拉著他到處逛這些靈異景點。

一起吃飯的時候，徐熙貝又有一個癖好，特別喜歡偷聽隔壁桌的對話。比如說，有一次隔壁桌有個很喜歡假裝ABC的女生，滿口都是you know，oh my God。徐熙貝就會邊吃邊笑，有的時候忍不住不經意就跟著模仿，脫口複誦出Oh my God，不小心太大聲，就遭到隔壁桌怒眼瞪視。

害得林睿都只好趕快接話，假裝徐熙貝是在跟自己對話，草草帶過這一切，再趕緊送上一陣乾笑，然後快速將徐熙貝帶離現場。

更常的是，一起吃飯的時候，徐熙貝就會突然莫名的笑了起來。他問她在笑什麼，才知道她沒事都在看別人，偶爾一個路過的人有些什麼奇怪的動作都能惹得她發笑。

她時常都像是沒有煩惱一樣，十分的快樂。

林睿不禁覺得徐熙貝有點天天的，活在自己的世界。

林睿常常覺得徐熙貝大概是因為以前太受保護了，才會覺得什麼都新鮮有趣，現在幾乎可以聊天的對象又只有他一個，才會這麼滔滔不絕、整天自顧自地說著。

不知道誰說的，養成習慣不過需要21天，看似短短一個多月，林睿已經很習慣徐熙貝的存在，甚至是非常喜歡徐熙貝的存在，他常常一個人的時候想起她就會忍不住發笑，他欣賞她那樣爽朗而無憂的處世態度，也彷彿渲染了他。

然而，自從加入桌球社之後，這樣的習慣很快地就產生了變化。

現在，她開始下課就會往社團跑。

現在，像明星般耀眼的胡一聰會突然出現，引起騷動只為了拿資料給她。

現在，變成林睿會問她：「等下中午吃什麼？」

但她卻會回答她已經跟晴晴約好要去社團，然後就匆匆離去，留下林睿一個人在校園裡晃盪尋覓午餐。

沒想到她不在，林睿連食慾都沒了，有時，他乾脆騎車到市場去，或是回到便當店呆坐著。

直到下午的課，兩人才又聚在一起。

徐熙貝總是姍姍來遲的出現，談話之間掩蓋不住興奮。

她總是會呈現誇張的迷戀說：「沒想到胡一聽學長這麼平易近人，教了好多桌球的技巧。」

又或者急切地分享今天近距離看見學長打球，說著胡一聽學長是多麼英姿煥發、多麼帥氣！以前需要千里迢迢才能看到學長比賽，總是要遠遠仰望著，現在竟然近在眼前，她是多麼地感到幸福啊！

從一個天天被依賴的人轉眼就成了局外人，林睿覺得很不是滋味，卻也只任由她不停地說著。

如果、如果，我還能打桌球，那麼你眼裡注視的那個人，會是我嗎？

林睿逐漸察覺到了自己對於徐熙貝，好像不只是朋友。

「不過我覺得自己體力真的太差了。」

徐熙貝自從加入桌球社後，開始就顯得有些精神不濟，上課時常常都顯得疲態，話也少了非常非常多。

林睿覺得心疼，卻又不知道怎麼辦才好。

「不行。我決定晚上要去練跑。」徐熙貝趴在桌上看著前方說著。

「妳都累成這樣了。」林睿語氣裡滿是關懷。

「我就是體力不夠好，才會累成這樣。」倔強的徐熙貝。

「身體不是這樣用的吧！妳不是說過妳體質……」林睿打算好好勸勸她，徐熙貝卻像是沒聽見一樣，又自顧自地說了起來。

「是說，林睿，你明明會桌球為什麼不想打？」徐熙貝邊說邊把眼睛閉了起來…

「我那天看你明明都比他們還快了那麼一點點出招。比賽那天，你反應很快啊！搞不好你真的是個桌球天才也不一定。哪像我……」徐熙貝越講越小聲。

「你只是比較晚起步而已。」林睿輕柔的回應。

「我根本都跟不上大家。」徐熙貝嘟嚷著，林睿突然覺得好心疼她。

「哪有人剛開始打就厲害的？」

「那你要一起來跑嗎？」徐熙貝將頭側枕在手臂上，面朝向林睿那邊，眼仍是閉著的。

「我晚上要幫我媽送便當啊。」

「喔。」徐熙貝聲音小小的，竟然趴著就睡著了，靜悄悄地。

林睿看著徐熙貝靜謐而乾淨的臉龐，白皙無瑕的面容，心裡泛起一種很柔軟的感受。好想為她做點什麼事，什麼事都好。

林睿於是更認真地上起課，開始奮力的抄寫筆記，偶爾轉頭看著徐熙貝的睡臉，覺得心裡有種砰然躍動的感受，好像自己此時此刻是為她而生。

他想在她缺席無法聽課時，作為她的後盾，把筆記寫好，讓她沒有後顧之憂。

他想為徐熙貝扛起來這一片天，在他能力所及。

§

那天晚上一回到便當店，林睿就趕緊拿一個便當盒，自顧自地裝了滿滿的菜。然後等著母親將外送的便當做好，便匆匆忙忙地出門了。

他不再像之前那樣悠閒地騎著車，而是倉皇匆忙地把外送送完，一邊焦急地看著手錶，趕忙回到志文大學。

他有點擔心，擔心自己會不會錯過。

林睿邊走邊跑，又頻頻顧慮便當是不是會弄灑，而停下腳步查看。

他好不容易才走到操場，就到處東張西望，整個人上氣不接下氣地。

跑道上正零零星星的有一些人正在奔跑著，他看了一會兒，終於遠遠地看到了徐熙貝正喘著氣、緩慢地跑著。

林睿這才露出放心的神情，笑了。

徐熙貝疲憊不堪，卻絲毫不停歇地跑著一圈又一圈。

林睿特地走到徐熙貝即將經過的跑道旁，以為她會看見他。

誰知徐熙貝專注在自己的世界，只看著眼前，完全無視林睿在一旁。

林睿忍不住笑了，想起相遇那天，她也完全無視自己，一股腦地只有自己的目標。

「徐熙貝！」林睿放下便當跟飲料，馬上跟了上去。

林睿追上了徐熙貝，兩個人並肩的跑著。

徐熙貝轉頭看見略略有些驚喜，笑容隨即就綻放開來了，原本有些蒼白的臉瞬間染上了紅暈。

林睿覺得此時此刻的徐熙貝好甜美，他捨不得將眼光移開。

他們倆人相偕跑了一圈，不時地向彼此望去，都是笑著。

「啊！累死了。」

徐熙貝終於停下來休息，努力地調節呼吸。

「你怎麼會來？捨不得我一個人吼？」徐熙貝顯得相當開心。

林睿凝望著徐熙貝，很是快樂。

「我是送便當順路過來看一下妳有沒有真的在練跑。」

「順路？」徐熙貝像是要笑出來似的。

「對啊，啊，等我一下。」林睿衝去拿遺落在地上的便當跟飲料，然後又匆匆地跑了過來。

「這個，我家賣剩的便當，妳還沒吃晚餐吧？」林睿將便當遞給徐熙貝。

「賣剩才給我？」徐熙貝帶著懷疑接過來看了看。

「所以附贈一罐飲料。」

「喔。」

兩個人找到一處階梯就坐了下來。

徐熙貝把便當打開，發現裡面有雞腿、有排骨、有滷蛋、還有魚。

「這……太豪華了吧！怎麼可能吃的完」徐熙貝一臉驚訝看著林睿。

「怎麼樣？就說賣剩的，所以什麼都有。」林睿突然很佩服自己說得出這種理由。

「謝啦，你對我真好。」徐熙貝開心地拿起筷子準備大快朵頤。

「那當然，妳是我好哥兒們嘛！」林睿怕被看出自己的害羞，故意大聲地說。徐熙貝的笑容卻微微僵了一下，然後用力咬了一口排骨。

兩人閒聊了一下後，林睿陪徐熙貝走路回家。

整個路上徐熙貝一直在聊胡一聰，說她是在某次去看現場比賽，意外看到胡一聰打球。

「那次他感覺是不小心手誤輸球，接著他從頭到尾一句話也沒說悶著一張臉，教練明明也沒責怪的意思，還鼓勵他說打到現在很不容易了。但他卻跟教練鞠躬道歉，然後就坐在場邊低著頭沉思了好久。之後，他一次打得比一次還要好。」

徐熙貝講起胡一聰，眼神總是熠熠發光，林睿努力逼自己微笑著，複雜的情緒卻在心裡湧起。

「到現在我都還記得他低著頭的模樣。我常常都在想，那一次他都在沉思些什麼什麼？是不是太苛求自己了？想到這裡就覺得滿心疼他的。」

「你就這麼喜歡胡一聰啊！」林睿故意假裝輕鬆。

「當然啊，他打起球來都超快超猛的，但本人卻這麼溫和謙虛。你不覺得這種反差很迷人嗎？而且最近他教我打球，也不會因為我沒基礎就沒耐心。」

林睿真後悔問了這個問題，根本自己討心酸。

「我說真的，有空你也來社團玩玩嘛！」徐熙貝講起桌球都顯得相當火熱，她似乎忘了每次邀約林睿就吃閉門羹，又問了一次。

「你這樣訓練身體受得了嗎？」林睿卻是忍不住擔心徐熙貝的身體。

「所以我才跑步嘛！」又是一個奇怪邏輯之下的回答。

「吶，這是今天的筆記，我看妳都睡死了，借妳。」走到了徐熙貝租屋處門口，林睿從背包拿出一本筆記。

徐熙貝驚喜，像是有千言萬語，卻又欲語還休似地，最後卻只是害羞地笑著。

「謝謝。」林睿心裡總算感到滿腹酸楚裡終於湧現巨大的甜蜜。

兩人揮手道別。

為了那麼一點甜，讓林睿覺得一切都值得了。

自從徐熙貝加入桌球社後，林睿常常處於一種矛盾的心情裡，很希望她快樂，卻又非常討厭聽見她在桌球社多麼快樂，他不知道該怎麼消化這一切。

他多希望徐熙貝所有的快樂是來自於他，而不是胡一聰。

接著幾天，他們重複了這樣的模式。

白天時，徐熙貝都會問要不要陪他練跑，他總說不要，最後卻又口是心非地出現在操場上。

後來他索性再多帶了一個便當。

他們一起在操場上練跑，然後一起到階梯上吃便當。最後，林睿再陪徐熙貝走回家。

他覺得這是唯一可以和徐熙貝一起靜靜地度過的時光。

沒有其他的同學，徐熙貝也不會一心想著要去社團，沒有晴晴、更沒有胡一聰。

他喜歡看著徐熙貝吃著自己為她準備的便當，那是第一次他感受到為一個人付出是如此的甜美。

靜謐的夜晚，微風吹拂。

他常常感覺到一種平和的幸福感，卻又帶著一種苦澀的心痛。

或許……

是因為他知道……她始終喜歡的是那個桌球打得很好的胡一聰。

這些日子，林睿總是很晚回家，在送完徐熙貝之後，他總要再騎車繞上好一大圈，才能消融掉內心的五味雜陳。

他知道母親都看在眼裡，每一次，他總說別等他回來了。

但每一次回家時，他就會發現母親正坐在客廳沙發上看著電視，等到他回來以後，才默默地回到房裡去睡。

有的時候，母親就在客廳沙發上等到睡著了，他只好悄悄地拿了棉被幫母親蓋上。

他時常在想，是不是該跟母親說些什麼？

可是，母親一句話也不說，一句話也沒問，他也不知道從何說起。

於是，那些一直無法說出口的，越積累越多。

假日，林睿開始到市場找阿塗伯，然後就坐在菜攤陷入無止境的發呆。

「阿塗伯，你為什麼喜歡阿芬姊？」

「啥？我……你……」原本躺在椅子上看書的阿塗伯突然坐定，整個人脹紅到耳朵。

「喜歡一個人的滋味是怎麼樣的？」林睿看著前方，眼神呆滯，神情落寞。

林睿一直懷疑自己對徐熙貝的情感究竟是什麼？就是所謂的愛情嗎？

「我也不是很清楚……大概是看著她快樂，就跟著快樂吧！只要可以陪在她身邊，就覺得很滿足，即使知道她喜歡的是另外一個人。」阿塗伯往阿芬姐看去，顯得相當不好意思。

「嗯……。」

完了，全中。林睿一陣心有戚戚焉，只是這愛情的滋味來得又快又猛還又疼。

「那……你想過告白嗎？」林睿問得理所當然。

「我那還不算告白嗎？」每一句話阿塗伯都瞪大著雙眼回答，但又像小心翼翼地怕被阿芬姐聽見。

「你只說要陪她又沒說喜歡她。」林睿堵了回去。

阿塗伯有點訝然，也是吼，仔細想想他也沒真正跟阿芬說過他喜歡她。

但長達二十年守候在她身旁，而且就在眼前，難道還不算嗎？他一直都相信他的心意，阿芬是知道的。

「這樣不是很明顯嗎？唉，也是……其實我也有點怕被拒絕，那就好像連陪她的資格都沒有了。」

林睿和阿塗伯一起坐在菜攤遠遠看著殺氣騰騰的阿芬姊。

兩人都是愁眉苦臉的。

「要打一場嗎？」阿塗伯問。

「好啊。」林睿回答。

沒有輸贏、沒有結果的桌球，僅僅只是為了陪伴，彷彿只是練習兩個人之間的默契一樣。一來一回，卻始終沒有結果，多麼像他跟徐熙貝。

他自從再也無法殺球攻擊後，有的時候也會和阿塗伯打起了這樣子沒有輸贏的桌球，來來回回的，熟悉的乒乒乓乓乒乓，總是會讓他想起父親。

想起父親燦爛如盛夏美好的太陽，想起曾經有過的快樂時光。

這些日子，每當徐熙貝絮絮叨叨地說著桌球的技巧，林睿總要壓抑住自己，他也好想給一點意見，也好想像胡一聰一樣把自己所學所會的通通教給徐熙貝。

但他又怕哪一天會將自己無法殺球攻擊的弱點曝露出來，他一直不願面對的傷痛與懦弱。

於是，他只能反覆地陪著練跑，然後再假裝自己不知道從哪聽來，其實根本是父親林海訓練他的方法，陪徐熙貝一起練速度、練反應。

日子就這麼飛快地過到了十一月。

桌球校隊在校內舉辦公開徵選。徐熙貝和莊晴晴想也沒想就報名了。

林睿總有一種提心吊膽的感覺。

他知道這對徐熙貝來說相當重要，但一個大學才剛開始學打桌球的人，怎麼勝過那些多年來一直練習的選手？

那天徐熙貝跟莊晴晴一放學就一副慷慨就義的姿態前往徵選會場。

「我知道我入選機率很低，但不先去試試看，怎麼知道自己的水準在哪？」當林睿勸她等明年再說的時候，徐熙貝理所當然地這麼回答。

只看著眼前目標，勇往直前而無視其他可能會有困難阻礙的徐熙貝。

他又再度想起了那一天，奮不顧身救了婦人的徐熙貝。在她身上，林睿總是看到自己身上沒有的果決與勇敢。

徵選會場鬧哄哄的，觀眾卻沒有想像的多，大多都還是參加徵選的人們為主，頂多再多加上一些他們的親友來幫忙加油！樓上觀眾席熙熙攘攘，林睿特地躲在角落，不想讓徐熙貝看見。

林睿居高臨下，搜索到了徐熙貝的身影，發現徐熙貝正站角落看著場上的選手，白皙的臉上始終僵著，正熱身等待出場，身體四肢卻有著說不出的不協調。

可她太緊張了。每一個細胞跟神經都緊繃著。

林睿忍不住跟著擔心了起來。

終於輪到她上場，暖身像是毫無作用般，她的行動僵直得就像是個機器人般。她太過看重這一切，以致於上場沒多久就頻頻失誤，而那些都是不應該犯的錯誤，更不是她現在的真正實力。

一下子，她就輸了。

連往下一步晉級的資格都沒有。徐熙貝頹然地，那樣緊繃的身體一瞬間都崩塌了，就像是斷線的木偶，再也找不到支撐。

她下場時，一臉氣惱，忍不住落淚。

林睿知道她不是難過輸，而是難過她完全沒有發揮應有的狀態。

他憂心忡忡地不知道該如何是好。

莊晴晴很快地跑到徐熙貝身旁安慰她，兩人擁抱了一下，隨即一起走出了會場。

「明明我都練習這麼久了，明明我都這麼努力了，但我卻連這麼簡單的球都沒接好。」會場外走廊，徐熙貝懊惱哽咽地說著。

林睿才剛從二樓觀眾席跑了出來，慌忙地找到徐熙貝的身影，他看著她哭泣的背影，心裡疼得不得了，明明很想衝過去安慰她，卻又遲疑了。

徐熙貝發現他來看見自己輸了會不會更難過？而他又該怎麼安慰比較好？

但就當他還在躊躇不前時，一個熟悉的身影卻毫無猶豫地越過了自己身旁，一路走到了徐熙貝身邊。

是那個耀眼燦爛的胡一聰。

林睿看著胡一聰就在自己眼前那樣溫柔地拍了拍徐熙貝的肩膀，多麼的自然，那樣的親暱，讓他心裡重重一沉。

直到他發現莊晴晴朝自己看了過來，眼神交會那瞬間，他慌亂得想拔腿就跑，尤其當莊晴晴掃過了徐熙貝、胡一聰、林睿，然後正要開口說些什麼的時候。

林睿選擇逃開了。

他甚至不知道自己為何而逃。

局外人。他感覺自己只是局外人般。

然後，他想起了阿塗伯說的話，想起阿塗伯就這樣花了二十年，守著心裡始終在等著另一個人回來的阿芬姊。

在自己毫無覺察下，徐熙貝早就已經滲透了他的生活。愛情的降臨，無聲無息，在恍然自己真正的心意之後卻又朝他痛襲。

他若還能打桌球該多好？為什麼在他無法打球之後，卻遇見了一個這麼熱愛桌球的女孩。

隔天他翹課了。整整三天他都沒去上課。他不敢面對徐熙貝的失望，還有自己的心痛。

等到他回到了學校。徐熙貝仍然是那個帶著燦爛笑容的徐熙貝，他一直不敢問那一天後來怎麼了？腦海中卻不停地浮現胡一聰安慰徐熙貝的樣子，內心一但有了一個不敢碰觸的禁地之後，彼此也就不如以往的熟絡。

相敬如賓。這樣的感覺異常熟悉。

中午，徐熙貝特地約林睿吃飯，她說要好好慶祝一下，林睿覺得詫異。「我成功加入桌球隊了。」徐熙貝點好餐之後就開始說起。

「咦？」林睿難掩驚訝。

徐熙貝看見林睿的反應，以為林睿也根本不覺得自己的實力會入選，感到微微的受傷，她故作輕鬆的姿態笑了笑。

「不過是以球隊經理的方式，我和晴晴一起。之後要幫球隊拉贊助啦！檢查設備器材啦這些。反正我本來就不期望會入選。」

「那……」林睿覺得自己該說什麼，卻又有點摸不著徐熙貝的情緒。

「也還是值得慶祝一下啦！我那天整個失常了，覺得自己很沒用。」徐熙貝苦笑了一下。

「我其實本來就沒有覺得該入選，我只是有點氣自己，沒想到胡一聽學長過來跟我說，如果我真的很想入社就來當經理試試也可以。」徐熙貝灌了一大口水。

「但我根本沒有想要這樣的結果啊！我還以為他會懂。我只是在氣自己沒有正常發揮，但可能他以為我的實力也就是這樣吧……」

徐熙貝陷入一種喃喃自語的碎念，林睿突然間懂了，她不過就只是習慣用這種方式來抒發情緒而已。

「可是我就是想證明一下，畢竟我都這麼努力了，我也想讓大家刮目相看啊！」

「徐熙貝……。」林睿感受到徐熙貝很努力地壓抑自己的傷心。

「哈，我又不小心講太多了。特地找你來慶祝的說。你怎麼了？請假這麼多天，生病了嗎？上課都沒人陪很無聊耶。」

林睿突然非常正經，認真地看著徐熙貝。

「徐熙貝……我跟妳說很多人第一次比賽都是這樣的，很正常。比賽前的心理建設也是很重要的一環，可是在沒有人教過妳的情況下，妳已經很棒了，妳會失常，那是因為妳很看重這件事情，其他人大多都是有比賽經驗的……。」林睿關心地望著徐熙貝，語氣相當輕柔。

徐熙貝卻突然抬起頭看著林睿。

「林睿……你有來看我比賽嗎？」

「我……。」

徐熙貝用那雙澄澈潔淨的雙眸凝望著林睿。

林睿心跳急促了起來，正在糾結自己到底該不該說出口。

「我……我其實。」

此刻送餐的服務生卻打斷了兩人，將她們點好的餐點放到桌上。

徐熙貝有禮貌地說完謝謝後，卻像是忘了林睿未說完的話一樣，大口大口的吃起東西來。

林睿也只好默默地吃了起來。

林睿心裡一陣複雜。他以為徐熙貝對胡一聽是一廂情願的崇拜。但沒想到胡一聽比想像中的對徐熙貝還要好，竟然為了安慰徐熙貝，就讓她們直接成為經理。

雖然這不是徐熙貝想要的結果。

他又忍不住想到胡一聽那天的樣子，那樣理所當然地拍了拍徐熙貝的肩膀。而自己面對徐熙貝的每個稍微親密一點的舉動都要斟酌再三、考慮好久好久才敢行動。

但胡一聽的破例。讓徐熙貝一方面感激、一方面受傷，但更多的是承受更大的壓力。

她一直覺得自己要更加努力才能配得上現在的位置。也希望有一天，能真正證明自己的實力。

於是，她更加奮發訓練，原本晚上自主訓練一個小時，直接加長到了兩個小時。

林睿仍然每天陪著徐熙貝練習。

他感覺自己體力也都跟著有了卓越的進步，他時常想起小時候父親總是一大早帶著自己晨跑，看著清晨的街道，彷彿充滿魔法一樣。

同樣的城市，只是在不同的時刻，就有著截然不同的風景。

他想著，或許有那麼一天，徐熙貝總會回憶起這一段，就像自己回想起父親一樣。這段珍貴而無法抹滅的記憶。

只是這樣的訓練真的太吃重了，很多時候徐熙貝分明就已經是超過身體負荷，常常上氣不接下氣，卻倔強地也不願意停下來休息。

林睿常常不捨，卻都勸不了徐熙貝。

「要不要休息一下？」

徐熙貝搖了搖頭，那天慶祝之後，原本燦爛的她在林睿面前都顯得失去活力。

「你要是累了可以休息，我要再練一下。不然我讓學長這樣破例會讓他很難做人。」

徐熙貝說完就加速地跑離開林睿。

林睿摸不透自己的情緒，交雜著不捨與疑惑，更多的不是滋味，卻只能緊握著拳頭壓抑著……

「學長學長，滿口都是學長，看他害妳累成什麼樣子。」林睿正相當不悅地碎念，卻看見不遠處徐熙貝的身影搖搖欲墜，短瞬間就崩落倒塌在地上。

林睿霎時腦海一片空白，還來不及反應，身體卻反射性動作的衝去徐熙貝身旁。

「徐熙貝！徐熙貝！」

林睿輕拍徐熙貝，發現她的四肢冰冷不已，滲著冷汗。

他慌忙地抱起徐熙貝，在整個校園裡穿梭著，一路跑到了附近的醫院。

「徐熙貝。」他邊跑邊叫喚著。

懷抱中的她，身體冒著冷汗，徐熙貝的身體是那樣的瘦弱。

林睿感到深深地害怕，心裡一陣慌亂，感覺內心有什麼也即將跟著崩塌，必須要很努力、很努力才能撐住自己不哭出來。

在醫生檢查的時候，他忍不住全身顫抖。

「她沒事。」醫生說。

「她只是太過度操勞了。需要好好休養一下。」林睿安靜地聽著，一言不發。

「我幫她吊個點滴。晚點等她醒來就沒事了。」

林睿腦海深層記憶裡，那個兵荒馬亂的一天，和眼前醫院的場景重疊了起來。

他時刻都不敢離開徐熙貝的身邊，即使醫生說沒事，他仍然害怕徐熙貝會像父親一樣突然間從自己生命消失。

徹底消失。

他渾身僵硬，每一條神經都繃得緊緊的，除了盯著徐熙貝什麼也不做。寸步不離。

「林睿？」不知過了多久，徐熙貝緩緩睜開眼睛，輕輕叫喚了林睿。

「妳還好嗎？還有沒有哪不舒服？」林睿滿臉憔悴傾身向前、急切地探詢著。

徐熙貝恍惚地叮了林睿著急而狼狽的神情一會兒。

「你知道嗎？我小時候看過劉墉還是他兒子劉軒的一篇文章，我印象特別深刻。」徐熙貝沒有什麼血色，緩緩地說著一字一句。

「他說他有一次站在操場上集合，突然間昏倒了……。從此我就很怕昏倒，你知道為什麼嗎？」

林睿眉頭緊鎖仍是滿佈著憂慮跟心疼，他搖了搖頭。

「他說等他醒來之後，發現自己撞掉了牙齒，你幫我看一下我牙還在不在？」徐熙貝說完自己忍不住笑了起來，蒼白的臉才微微顯出一點紅潤。

林睿沒想到徐熙貝還有心情跟他說笑，才終於放鬆了一點。

「在在在，妳的牙都還在。」林睿故意露出不屑的臉。

「我沒事了，這種程度的昏倒不算什麼啦，不用太擔心我了。」徐熙貝說。

林睿嘆了一口氣。

「妳明明知道自己體質不好還這樣操自己……。」

「妳不是每天都給我吃剩菜便當了嗎？」

「所以呢？」

「所以我覺得被妳每天用這種餵豬的方式吃東西，我應該要很健壯了啊！」徐熙貝一副理所當然天真的模樣，林睿嘆了一口氣搖了搖頭。

真是拿她沒辦法。

結果好不容易送徐熙貝回到家，徐熙貝才說她肚子很餓很餓很餓。

他只好再騎車去買早餐外帶。

徐熙貝像個大胃王一樣嚷嚷著說要吃一份蛋餅、培根蛋吐司、兩杯鮮奶茶、一個漢堡。

等他匆忙地將早餐送到徐熙貝家，遞給她準備說再見時，徐熙貝卻一副驚訝的樣子。

「咦？你不一起吃嗎？」

「我？」

「我點這麼多哪吃得完？」

「那你幹嘛點這麼多啊？」

「我大病初癒欸！」

「妳……」可以用正常人的邏輯說話嗎？林睿心想。

「反正你也還沒吃早餐，當我謝謝你，請你吃一頓咩！」

「不是，我又沒跟妳拿錢！」

「喔，原來你是在計較這個。」

「不是好嗎？」林睿有種被打敗的感覺，正常人真的有辦法跟徐熙貝溝通嗎？

結果林睿就在徐熙貝的執拗與歪理下，被請到了她家作客。

這是林睿第一次到女生的房間，呃，如果不算媽媽跟阿芬姊的話。

徐熙貝的房間不大，大概四五坪左右，是一般學生常見的小套房。一張單人床、一個衣櫃、還有一張小巧的書桌。

僅存不大的空地鋪上了一塊地毯上，放了一個和室桌，成為一個小小的起居空間。每個地方都看得出徐熙貝用心佈置過，很多可愛的小裝飾，十分溫馨。

林睿顯得相當拘謹，不敢左顧右盼，擔心自己像在窺探別人隱私。

他把早餐放下後就處於完全坐定的姿態。

不知道為什麼總有種女生房間都是相當素淨優雅，粉紅甜美，不食人間煙火般，一不小心就會弄髒似的。

男性生物一但走進女生的房間，常常很容易顯得突兀。

他們一起盤腿坐在和室桌旁，一起吃著點了太多的早餐。

林睿咬著漢堡，卻突然瞥見徐熙貝書桌前的一張照片，強烈的即視感隨即向他襲來，使得他無法移開目光。

仔細再看去，竟是熟悉的身影─父親林海。

照片裡的林海穿著繡有中華隊三個大大的字樣的服裝，極具速度感的揮動著桌球拍，目光如炬正緊盯著眼前躍動的小白球，準備出擊。

那張照片原本林睿家也有。那是父親林海桌球的巔峰時期，參加世界盃得到亞軍，為國爭光回來，成為家喻戶曉的榮耀。

那張照片被報紙登上了體育版，以全版的方式刊載。

在林睿有記憶以來，那張剪報就被護貝好，大大的張貼在客廳，連同林海那些獎盃獎座，一起被放置在電視櫃旁的陳列櫃上。

那個櫃子曾經是他們一家的桌球編年史般，擺放著許多大大小小的比賽紀錄，記載著他們珍貴的回憶。

只是這一切都被母親拋棄了，塵封在林睿的記憶深處，久久都不曾回望。

然而這張照片，久別重逢地出現在眼前，喚起了林睿對家的渴望，對父親的深切思念。內心的激動如排山倒海而來，林睿怔怔地看著那張照片許久。

他努力壓抑想哭的衝動，維持表面的平靜。

徐熙貝察覺到林睿的不對勁，順著林睿的眼光看了過去。

「你知道他嗎？桌球國手林海？」徐熙貝小心探詢著。

林睿一時不知道該怎麼回答，竟反射性地搖了搖頭。

那一霎那，內心湧進了滿滿的罪疚感，好像背叛了父親。

「這是他為台灣拿下世界盃亞軍的一場比賽。一開始好像抓不到對方球路一樣，一直落後，但他卻不慌不忙沉著應戰，慢慢地追回分數。最後竟然整個逆轉勝。很激勵人心。」

林睿硬生生地把眼淚吞進了肚子裡，默然無語。

「最初我會喜歡桌球，其實也是因為他，有一次節目專訪他曾說桌球就是遇強則強，看似是相當強調對手的運動，但最後你會發現你需要克服的，始終只有自己，你打出去什麼樣的球，最後就會以什麼形式回來。」

林睿聽見徐熙貝的話，整個人顯得有些恍惚。

「……很有哲理對不對？」徐熙貝講得津津樂道。

「那之後我就覺得我要勇敢一點面對自己的生命，或許我也會因為自己的努力，慢慢的打出一場好球。」徐熙貝說著，眼神飄向遠方回憶過去。

林睿內心複雜，新舊交揉著太多情緒，一方面也感到有些不可置信。

啟蒙徐熙貝愛上桌球的，竟然是自己的父親？

這是一種命中注定的緣分嗎？又或者是天上父親的安排？

「是說我一直覺得很奇怪，不太敢問你，每一次提到桌球你就轉移話題。」徐熙貝講得小心翼翼地，似乎也在觀察林睿的神情。

「不過越是這樣，我就越相信那一天我沒有看錯。你送我去看比賽那天，你在場邊明明都預測到球路。我想你應該是打過桌球也喜歡桌球的。不然不可能……。」

林睿還有些茫茫然，無法釐清自己的心緒。

他突然深吸了一口氣。

「你就這麼希望我打桌球嗎？是為了胡一聽？」林睿回過頭盯著徐熙貝。

「不是。」徐熙貝有點愣住，急忙搖頭。

「想要盡責地當球隊經理幫忙尋找人選？」林睿顯得咄咄逼人，徐熙貝再度搖頭。

「不是。」

「那是為什麼？」

「因為我覺得你可以。」徐熙貝堅定地看著林睿。

因為我覺得你可以。

這句話直入心底，讓林睿愣住了，看著眼前澄澈眼眸的徐熙貝，頓時感到，心正為了她而狂跳不已。

不為他人，只因有妳願意相信。

那麼我也就願意奮不顧身。

「好，我試試。」林睿也堅定地回望徐熙貝，兩個人互相凝視著彼此，眼神裡都有著期盼。

§

隔天一下課，徐熙貝就興奮地拉著林睿到桌球隊報到。

莊晴晴正在跟身旁兩個男生說笑打鬧，她身旁兩個男生一高一矮、一胖一瘦，一黑一白，活像是七爺八爺一樣。

他們都不約而同地轉過來看著徐熙貝兩人。

「剛當球隊經理，就急著要再找人啊？徵選才結束馬上就要找人來，那我們徵選辦假的啊？」在莊晴晴身旁那名高瘦又顯得蒼白的，綽號叫猴子的男生，今年大三，在桌球隊也算是第二把交椅，他顯然相當不高興地嚷嚷著。

事實上，胡一聽硬是把徐熙貝這個弱不禁風的女孩抓來桌球隊，他就已經不是很高興了，要不是徐熙貝只當經理職，做的是跟打球不相干的事，又加上徐熙貝對桌球確實有著相當豐富的知識，他才勉強接受。

當然最重要的是，連帶著桌球隊有了莊晴晴這樣漂亮的吉祥物。

每天看著都覺得練球練得更有活力。

面容姣好、身材性感、又嗆辣直率的莊晴晴，很快的成為男隊員們追捧的對象，大家總是繞著她打轉。

莊晴晴瞪了一下猴子一下，趕緊走上前。

「徐熙貝妳做什麼?妳都不擔心妳自己嗎?現在還帶了他來?」

林睿看情況覺得自己似乎連累了徐熙貝想轉身離開。

徐熙貝卻趕緊拉住了林睿的手，眼神透露著哀求。

林睿顯得有些為難。

「不是，我真的覺得林睿他有潛力。試試看嘛?如果球隊多出一個生力軍不是很好嘛!」徐熙貝勇敢卻卑微的對眾人請求著。

隊長胡一聽卻是一派輕鬆，和煦地笑著，走了過來打量著林睿。

「打過桌球嗎?」

「小時候玩過。」林睿回答，徐熙貝顯得有些驚訝又恍然。

「玩一場?」胡一聽問。

林睿點點頭，徐熙貝趕緊遞上桌球拍。

莊晴晴不以為然地站在一旁。

其他人也因為隊長都沒說什麼了，也不敢再說太多。

林睿握著桌球拍，用手腕感覺了一會兒。

這麼多年了，這樣在正式的場合打桌球，是頭一回。

他深呼吸了一下，想起以前總是這樣，上場前習慣看一下父母，看見他們對自己微笑，會覺得安心不少，然後就可以充滿底氣地準備應戰。

他忍不住朝徐熙旦看去，然後擺好預備動作。

胡一聽俐落地朝林睿發球，來回了幾次，原本以為林睿真的只是小時候興趣玩過幾回，一開始試探地發了球過去，卻萬萬沒料到他的應對這麼的熟稔，一來一回、乒乒乓乓，宛若機械式反射性動作般流暢正確，沒有任何的失誤。

眾人一陣驚嘆。

「這樣的手感、速度、節奏，說只是小時候玩過誰相信？」猴子忍不住在一旁碎念著。

莊晴晴聽見猴子的評論，又看了看林睿和胡一聽對打，顯得有些訝異。

徐熙貝則是一直雙手交握的放在胸前，現得又緊張又期盼。

「一聽感覺還沒發揮實力。」矮壯、皮膚黝黑的那位暱稱胖達的，正緊盯著比賽中的兩人說。

「原本只是了解一下實力，現在要來打真的了吧！」沒一會兒，胖達又接著說。

「嘖，那小子頂得住嗎？」猴子又是那副傲慢的模樣。

「怎麼樣？這代表林睿真的厲害嗎？」莊晴晴在一旁問。

眾人本來以為這會是一面倒的對戰，很快就會結束，卻沒想到看起來竟是旗鼓相當的比賽，原本都閒散的站著，現在卻都目不轉睛地看著兩人來回攻守。

林睿果然沒辜負這麼多年其實也沒有真正荒廢過桌球，和阿塗伯、阿芬姊兩人的練習，雖然屢屢受挫，但也只是無法殺球攻擊而已。接球、應對、速度都是一等一的純熟。

胡一聽微微露出了笑容，他被挑起了興致。

他突然試著力道加大，抓住機會用力殺了一球！

啊！徐熙貝忍不住喊了一聲。

速度的轉換來得相當迅猛，林睿雖措手不及卻仍是接住了。

胡一聽也面露驚訝，他看著眼前的林睿，突然感到興味繚繞，開始不停地頻頻殺球攻擊。

林睿接球接得辛苦，只是兩個人始終沒輸沒贏，不停地往返交鋒。

只守不攻。

大家漸漸看出林睿只攻不守，開始議論紛紛了起來。

「難道他打桌球沒學過殺球？」

「不，只守不攻比想像還要難多了，一般我們也常以攻作為防守，他這樣其實很吃力才對。」

「這樣就看是誰體力好了吧？誰先耗掉體力產生失誤……」

「本來以為一下子就結束，怎麼搞這麼久。」

胡一聽瞬間連續發出個猛烈的殺球。

徐熙貝看得心驚膽跳的。

最終，林睿終於守不住，漏接了一球。

「你贏就夠了吧？」林睿顯得有點不悅，很想趕快結束。

「我只是先得了一分，比賽還沒結束。」胡一聽似乎也忘記了原本只是想了解對方的潛力就好，他實在是太好奇眼前這個人真正的實力，而不願停止。

林睿又連續失了幾分，最後當他明擺著有一次是很好的攻擊機會，試著出手攻擊時卻反而顯得瞬間手一軟，球飛了出去。

明顯的失誤。

接著又來了幾球，都是林睿想趁勝追擊做出殺球時，反而手軟產生空檔，讓球直接飛出去。

「手軟嗎？太奇怪了。」胖達忍不住喃喃自問著。

「喔~不殺球是因為手沒力啊！」猴子帶著鄙視戲謔地說。

「總覺得事有蹊蹺。」胖達嚴肅地看著兩人對戰，卻不忘深思著。

比賽結束，林睿掛零，他覺得丟臉，每一次出手想攻擊都是一次失誤。

他覺得生氣，氣自己。

他放下球拍。

「我知道我不是這塊料，不好意思耽誤大家的時間。」林睿一說完就快速走了出去，留下還

沉浸在比賽裡還沒回過神的眾人。

徐熙貝一副錯愕的樣子。

「林睿……。」

眾人都有點不了解這是什麼回事，畢竟太過詭異了，明明看似旗鼓相當、深藏不露卻在後來出手頻頻失誤。

徐熙貝想追林睿，又礙於經理身分不知道能不能就這樣跑出去，正糾結著。

胡一聰恍恍地似乎還在回味剛剛的比賽，喃喃著：「有意思。」

猴子一派輕鬆地走到胡一聰身旁搭他的肩膀。

「贏得漂亮！看來我們家社長還是保留了點實力，不然那小子應該會輸更慘。雖然很難比零分更慘了。」

「不，剛剛那幾球他接得了真了不起。」胡一聰說。

猴子有些詫異地看著胡一聰。

「我剛剛已經用盡全力去打，卻仍然被他接了下來。他真的很強。」眾人聽見都顯得有些詫異，忍不住面面相覷。

「可是真的很奇怪，不知道為什麼他……咦，我總覺得……難道……」胡一聽若有所思的，卻像是想起了什麼。

徐熙貝聽了他們的對話，原本憂慮的表情突然轉而有些欣喜，什麼也不管的跑出去追林睿。

§

林睿一個人走得飛快，想要擺脫那難以消解的鬱悶跟恥辱感。

他穿過校園裡的林立大道，疾步快走地衝刺著。

他覺得自己就快爆炸了，然後開始跑了起來，一路衝刺往操場上奔去。

徐熙貝在校園裡急切地到處尋找著。

最後終於看到林睿一個人在操場上奔跑著，像是靈魂狠狠地要把身體甩掉般跑著。

她被林睿身上那股氣勢嚇到，不敢上前去。

就這樣看著他跑了一圈又一圈直到筋疲力竭，虛脫地癱坐在跑道上。

徐熙貝走到了林睿的身旁。

「你還好嗎？」

「妳怎麼會來？」林睿汗流浹背，喘著詢問。

「來跟你說好消息啊！」徐熙貝又是那副天真燦爛的模樣。

「好消息？」

「剛剛你走之後我聽學長他們在談論你，他說你很強耶！」徐熙貝興沖沖地說著。

林睿聽了只感覺刺耳。

他不只一次想著如果他沒有中斷桌球，如果他還能打，現在胡一聽根本不是自己的對手，又怎麼會輪得到他們來論斷自己有沒有天分？

「胡一聽學長說你竟然有辦法接得下他的球。」徐熙貝繼續說著卻絲毫沒有察覺林睿的煩躁。

「你看，我果然說你有天分吧！連胡一聽學長他……」

「妳死心吧！我不會加入的。」林睿不耐打斷了徐熙貝。

「可是……」徐熙貝一臉錯愕卻還是鼓起勇氣說下去。

「我沒有辦法打桌球。」林睿頻頻打斷徐熙貝的話。

「為什麼？可是胡一聽學長明明……」徐熙貝不解。

「胡一聽、胡一聽、胡一聽。不要再提他了行不行，我就跟妳說了我沒辦法打桌球！妳聽不懂嗎？」

「我……。」徐熙貝停了一停，順了一下呼吸，轉換自己的情緒。

「你明明有那個天賦卻不願意去做，而我是想做卻要比別人花上更大的努力才能做到。」徐熙貝刻意放緩了速度，藉此來平撫。

「為什麼要逼我做我不喜歡做的事情。」林睿感覺自己就要爆炸了。

「你明明就喜歡為什麼不敢承認？」

徐熙貝這一句說的是桌球，對林睿卻是雙重的傷害，無法承認喜歡桌球，也無法向徐熙貝告白。

莫名的責怪，無法坦率的自卑。

林睿覺得難堪一時激動，大吼了回去。

「那妳明明喜歡學長就敢告白嗎？」

「你……。」徐熙貝鄧大了雙眼不可置信，又羞又怒，整個臉瞬間紅透，整個身體還有些顫抖……

「你這個大白癡。」

徐熙貝氣憤地轉身離去，快步疾走……像是不甘心似地又再度回頭

「大白癡、大白癡、大白癡。」徐熙貝像用盡力氣的吼完了以後，頭也不回的走掉了。

林睿從來沒有看過徐熙貝發這麼大的脾氣，有些愣住。

卻也是滿臉不高興嘟囔著

「說我大白癡。難道我有說錯嗎！」

第五章
冰釋升溫

在那天之後，兩個人的關係降到了冰點。

整天喋喋不休的徐熙貝變成了最初見到那個有著強烈保護色、冷淡的徐熙貝。

林睿仍然習慣性地會幫忙占好位置，徐熙貝也如同以往會走到他隔壁的座位，但只是，現在會在中間多隔了一個位置放包包。

兩人先前那些日子的相處，早就形成一種默契似的，即使無聲無語，卻也不會太過彆扭。同學們開始紛紛察覺到他們兩人之間的變化。

面對這樣的靜默，林睿還是感到兩人間的肅殺之氣，令人窒息。

冷戰。

林睿第一次深刻的體會到什麼是冷戰的滋味，即使再熱絡的課堂，老師再怎麼好笑，他都還是能夠感受到從徐熙貝身上傳來的冰冷。

以前總沒事就轉過去講個幾句，開幾個玩笑，現在他每次轉頭過去，卻看著徐熙貝繃著一張臉，疏離得像是兩人之間橫擺著塊玻璃。

非必要，徐熙貝不會開口。

對照之前她那樣的絮絮叨叨，見到林睿都像是要把積累許久的所見所聞一股腦分享出來才行的態度。

此時，徐熙貝的無聲顯得分外可怕。

林睿每天還是帶著便當、陪徐熙貝跑步，然後陪著徐熙貝走路回家。

之前徐熙貝的昏倒，讓他仍是相當掛心，無法割捨下她不管。

然而，徐熙貝雖如此冷淡，卻始終沒有選擇兇巴巴的喝斥他離開。

他有點猜不透，徐熙貝心裡在想什麼。

在桌球場上丟臉的明明是他，不是嗎？

無法面對自己喜歡的桌球，該痛苦的是他不是嗎？
徐熙貝到底有什麼好氣成這樣的？
氣他說她不敢跟學長告白？

他情願徐熙貝直接把不爽都罵出來，都勝過現在這樣。他感覺到心裡就像有成千上萬隻螞蟻在爬似的，實在難以忍受。

每當桌球隊團練。
放學後，林睿就待在便當店裡幫忙。
以前總精神奕奕的他，現在因為整個心思都懸掛在徐熙貝身上，常常顯得心不在焉。

他坐在便當店的一角，苦思著接下來究竟該怎麼辦？一個人拿著手機，手機螢幕正顯示著聯絡人：徐熙貝。

「到底要不要打給他啊？傳簡訊？還是當面講？」
林睿看著手機當作徐熙貝練習似地自言自語……
「欸，徐熙貝，對不起。」語氣有點不甘願。
「可是我又沒錯。」
「欸，妳倒底在不爽什麼？」

「不好，好像太兇了。」

「欸，徐熙貝妳這麼多話沒人陪妳說話很痛苦吧？」

「不行，這樣一定覺得我很機車。」

林睿整個沉浸在自己的對答中，沒察覺母親已經走到身邊。

「你最近很忙，參加社團了？」母親問。

林睿趕緊坐正，搖頭。

「陪朋友跑步而已。」

「喔？要參加路跑？」母親有些訝異。

「就我有個朋友她……體質不太好，想訓練體能。」

「女的？」朱家心反射性的猜測。

林睿默認，雙重的心虛，有喜歡的女生跟桌球好像都不適合跟母親說。

「嗯，交朋友是好事，但學業也要顧。吶，剛剛電話響你都沒聽見，不知道在想什麼，剛剛有人打電話要外送，你幫忙送一下。」

母親邊說邊將紙條遞給林睿，林睿看了一下卻愣住。

志文大學體育館

訂單人名稱：胡一聰

後面寫著電話號碼。

母親看起來沒有異樣。

林睿忍不住看著母親，胡一聽沒說是要送到桌球隊上去嗎？

胡一聽？他想幹嘛？

林睿直覺不對勁，總覺得胡一聽有什麼企圖，但又無法推卻，更無法跟母親說。只能硬著頭皮接下。

林睿帶著忐忑不安的心情，緩緩地提了便當到摩托車上。

很短的路，他騎了好久，他不知道胡一聽倒底想幹嘛！

也不是很想在桌球隊看見徐熙貝他們，更不想以一個送便當的身分到桌球隊去。

那天，他已經夠丟臉了。

他戴著安全帽始終不肯脫下，多少想有個遮掩，極緩慢地走桌球隊門口。

乒乓乒乓乒乓乒乓，突然讓他覺得一陣刺耳。

他一眼就看到徐熙貝正在和莊晴晴一起打球，沒有察覺到他的到來。

他小心翼翼地不想被發現，尋找著胡一聰的身影。

胡一聰正像個教練一樣巡視每個選手的情況。

然後，胡一聰看到了林睿，隨即露出他那和旭的笑容，開心朝林睿招手。

林睿卻一動也不動，風雨欲來的氣息。

胡一聰只好跑到林睿的身旁。

「多少錢？」爽朗的語氣。

「680 元。」

「好。」胡一聰把錢拿給林睿，林睿轉身正準備要走。

「等一下，我有話要跟你說。」

「我跟你之間應該沒什麼好說。」

「我想邀你進球隊。」

「那天你看見了，我沒辦法出手。」

「我不在乎，我知道你爸是林海。你就是他那個球感一流被稱為天才的兒子。」

林睿全身一陣顫動，警戒了起來，眼神銳利的盯著胡一聰。

「你到底想幹嘛？」

「邀你進桌球隊啊？我剛不是說過了。」胡一聰回應的那麼的理所當然。林睿感到憤怒在心裡滋生。

「你以為你是誰？」

「若不是你爸的事，你現在應該還在打桌球吧！你想想，你爸會願意你放棄桌球嗎？他那麼認真的栽培你……」

「你根本什麼都不懂！」林睿憤怒之下，忍不住就抓起胡一聽的領子。

「是嗎？那你來告訴我啊！」胡一聽竟然一副無所謂的樣子，笑了。

「林……睿？」

不知道什麼時候徐熙貝和其他人都紛紛地看向兩人，神情緊張。

林睿聽見徐熙貝的聲音回過神，微微愣住，才發現自己有點失去理智了。

「這不是上次打輸學長的那位嘛？惱羞成怒啦？特地來找碴？怎麼，不手軟了嗎？」猴子話裡充滿的輕視與不屑。

林睿鬆開胡一聽的手，悲傷的看了徐熙貝一眼，轉身離去。

離開前只聽見徐熙貝憂心地說……

「學長，你還好吧？怎麼回事？」

林睿快速奔跑了起來，眼淚掉了下來，那些積累已久的情緒排山倒海而來。
他覺得好傷心，為什麼有這麼多不由自己的事情，為什麼他不能安安靜靜地躲著就好。
然而他卻又想起父親說的，遇到挫折哭是最沒有用的。
他很想試著展開笑容，但卻一點也笑不出來。
他覺得自己好像小丑，悲傷著卻要扯著嘴逼自己笑，連表情好像都不屬於自己。
林睿不知道自己何處可去，好像哪裡都不屬於自己。
第一次他感到比以往都還要孤獨的孤獨。
這些年失去父親的痛苦，跟著母親離開原本熟悉的地方，擔心母親觸景傷情而再也無法坦率的表現自己喜歡桌球。
連只是想光明正大地思念父親都無法，還要面對屢屢在桌球上無法發揮，無法突破的心魔。
但他以為……至少，至少自己還有喜歡一個人的可能。
然而這段愛徹頭徹尾都是一廂情願。
徐熙貝一定會覺得自己很糟糕吧！他竟然當著大家面前動手。
他騎著車騎了好久好久好久，不停地穿梭在大街小巷，渴望這個世界給他一個答案。但換回的只有疲憊而已。

終究，他回到家，感到身心俱疲，他躺在床上閉起了雙眼。

萬籟俱寂，若那些不快樂的事情都隨著黑夜被吞沒就消失了多好。

翌日太陽升起，他讓自己換上了開心的臉。

這些年他太習慣佯裝著笑臉去面對生命中的任何事。如同父親說的，哭無法解決事情，不如都笑著面對，反正所有的事情都能一笑以置之。

這一天，他預期徐熙貝應該會出現的冷漠卻都沒有出現。

反倒是像回到之前，她中間不再刻意隔著一個放包包的位置，而是理所當然地坐到了林睿身旁，上課時還頻頻地往林睿方向看去，像是關心，卻仍是一句話都不說。

「等下要不要去圖書館找資料？下周要交報告了。」

徐熙貝遞來一張紙條，林睿寫了一個好，傳回去。

默默無語，兩個人在圖書館裡，各自分配好彼此該查找的資料。

面前堆了一堆書，分別翻閱、過濾、節錄、謄寫。

林睿忍不住抬頭看起正低頭認真書寫的徐熙貝。

他忍不住輕輕地笑了，時間若能停在這一刻多美好。

有她在自己身旁就夠了，可以靜靜地看著她就夠了。

徐熙貝卻像是想到什麼突然抬頭，看見林睿正凝視著自己。

兩人四目相交，僅僅只有眼神交流，林睿此時此刻卻再也不避諱地注視著徐熙貝。徐熙貝輕輕地、微微地笑了一下，接著臉就紅了起來，趕緊低下頭來繼續書寫。

徐熙貝又傳來一張紙條。

「欸，如果我真的敢告白，你就願意勇敢面對自己嗎？」

林睿看到紙條愣住，不知道該怎麼回答……，不敢她真的去告白。於是低著頭一動也不動。

徐熙貝卻站了起來，才往旁邊走了一步……林睿就趕緊抓住徐熙貝的手，覺得自己心臟都要炸開了。

「欸，不要去。」

徐熙貝看了看林睿，還有他抓住的自己的手。

臉又一陣刷紅，接著望著那林睿窘迫又緊張的模樣，噗哧笑了出來。

「你以為我要去哪？我只是要去廁所。」

林睿聽了有點錯愕。

「喔，那……那可以。你去吧！」他覺得很羞赧，趕緊低下頭來裝忙，他感覺不小心把心事都透露出來了。

徐熙貝回來，就開始收拾起桌上的東西。

林睿不明就理，充滿疑惑抬起頭看著徐熙貝，他發現每次看著徐熙貝都足以令他心劇烈地跳動不已。

「走吧，我最近發現一間新開的店，都沒有人陪我去吃。」徐熙貝邊說著，邊燦爛地對林睿微笑。

「我經過好多次了，想說跟你一起去。」說完徐熙貝也差不多收完。

林睿才一個恍神，趕緊跟著收拾桌上的東西，還沒來得及細想，隨即就感受到心頭湧進濃烈的甜蜜。

走在路上，徐熙貝不知道為什麼心情很好的樣子，又開始絮絮叨叨說之前她有經過一間裝潢看起來很漂亮很高級的店，一直想著等著有值得慶祝的事情再去吃，結果等她考上大學覺得要慶祝一下，那間店竟然倒了。

「後來我就覺得應該要及時行樂。」她下了一個結論。

這也能悟出道理？林睿由衷的佩服。

之前林睿一定會說

「對對對。」半開玩笑帶著故意敷衍的語氣，但現在看著徐熙貝又變回熟悉的樣子，他覺得好珍惜好幸福，好像一切都明媚了起來。

「欸，對不起，我那天說話太衝動了。」林睿覺得這是和好的好時機。

徐熙貝轉過去看著林睿，微微笑了。

「我也不對，我確實有點一廂情願，不過，你是不是喜歡我？」

「噗，哪有？」林睿驚嚇到整個腳步一停。

「是嗎？那你幹嘛叫我不要去？你不是緊張我去告白嗎？」徐熙貝滿臉都是調侃的笑意。

「我……我是擔心妳好嗎？要等確定對方真的有好感，成功機率才會大一點嘛！不然萬一連朋友都做不成怎麼辦？」林睿硬擠出一點道理。

「喔？是嗎？那如果已經確定了，就可以告白？」徐熙貝馬上回應。

靠，難道徐熙貝已經確定胡一聰喜歡她？

「不是啊，如果妳都確定對方喜歡妳……幹嘛不等他來告白就好？」

「那萬一他都不告白呢？」

「萬一他都不告白……萬一他都不告白，那妳怎麼確定他真的喜歡妳？」林睿回答著，心裡卻有些慌。

誰知徐熙貝卻只是盯著林睿，笑而不答。

林睿趕緊轉移話題，徐熙貝看林睿不想繼續談這話題也就順著他，兩人說說笑笑一陣後。徐熙貝忽然一臉正經，相當慎重其事地。

「林睿，我也很想跟你好好道歉一下。是我太心急了。但我是真的很希望你可以加入桌球隊，就當為了我也好……。」

徐熙貝雙眸低垂，睫毛閃動著，眼睛滾動像是在斟酌該怎麼好好地說話，搞得林睿也突然緊張了起來……

「我啊，小時候就很羨慕別人，大家都能健健康康地說跑就跑，說跳就跳，參加各種體育活動。但我的身體每次才動一下，甚至有時候也不過只是跟我媽出去逛個街，在路上就差點昏倒。」

林睿也收起玩笑的臉，靜靜地傾聽。

「所以後來我爸媽都不願意讓我去參加比較動態的活動。很多事情也都不願意讓我嘗試。我啊，其實真的很討厭很討厭這樣的身體。我常常想著為什麼老天不給我一個健康的身體呢？」

徐熙貝淡淡地笑了一聲，然後轉頭認真地仰望著林睿的臉。

「林睿……我一直希望你打桌球，是因為我真的覺得你很厲害，從預測球路到能接住胡一聰學長的球。我總覺得如果……如果我有機會看著你變得很厲害，那麼，或許……或許我會更有勇氣，覺得自己也能夠做到一點點什麼，至少……能有你一半的厲害就好。」

徐熙貝帶著一點點的羞澀，閃動的眼裡彷彿此時此刻只有林睿一個人。

林睿感到自己心跳砰然不已……有一股衝動好想將她擁入懷裡。

「我？」林睿驚訝。

「是啊！」徐熙貝又笑了一下，臉蛋紅紅的。

「我？」林睿重複。

「是啊！那天你打球的樣子，真的很耀眼呢！」

林睿忍不住指著自己，一臉驚訝的樣子，內心滿溢著狂喜。

徐熙貝總卻維持著那若有似無的笑意，略略紅潤的臉頰，晶瑩澄澈又曖昧不已的雙眸看著林睿。

「希望你再想想，給自己一個機會，也給我一個勇敢的機會。要是真的認真試過不行，再說放棄也不遲啊！」

那幾天，徐熙貝和林睿的相處始終瀰漫著甜美氣息。

林睿一直覺得女生很難懂。

每次徐熙貝的態度變化，他都不知道究竟是為了什麼？

但只要能看著她笑盈盈的模樣，他的心情也就如同像踏在雲朵般輕盈。

日子像不停地被翻頁，每一頁都擁有不同的面貌。

林睿感覺一下子又回到如以往那些日子，卻還多了一點點不一樣。

徐熙貝開始更常對著林睿笑，有的時候只是靜謐地看著，像是在感受兩人之間那種微妙的氛圍。

接著徐熙貝總是故意在林睿拿”剩菜便當“給她時說：「這算是愛心便當嗎？」有時候邊吃還邊說：「特製便當果然不一樣。」

甚至是一次，徐熙貝突然靠得很近凝望著林睿，讓他心臟狂跳。很近很近的幾乎可以聞到徐熙貝令人陶醉的氣息。

接著她手就突然伸出來碰觸到了他的臉頰，她細嫩白皙的手輕輕挑掉落在臉頰上的睫毛。

「欸，你臉上有睫毛。」

他感覺就像被她的手啾了一下。

那樣親暱的動作，過短的距離，空氣裡的溫度略略的升高了些。

每每都讓林睿感到悸動不已。

偶爾在不經意間，徐熙貝也像是故意般有意無意試探著：

「欸，你喜歡什麼樣的女生？」

林睿每次都被問得措手不及，驚慌失措。

他開始覺得或許徐熙貝已經完全察覺自己的心意。

也許，徐熙貝對自己也是有一些好感的……。

林睿的心情一直盪漾著。

他決定為了徐熙貝，也為了自己再試一次。

林睿決定放棄自尊再次踏進桌球隊，從基礎開始練起。

他想著，或許我能夠因著喜歡一個人而擁有更多勇氣。

無法攻擊，那麼就從最基礎、最基礎重新練起，從零開始。

第六章 愛情破曉

那天晚上，林睿做了一個夢。

空曠無垠的場地裡，傳來乒乒乓乓的聲音。

那中間擺放了一張桌球桌，一名男子和一名小孩正在來回攻防、激烈地打球。

那小孩是小時候的林睿，而那名男子就是他的父親林海。夢裡，重現了他們父子打球的畫面，就像是記憶回放般，快速變化著三歲的他、四歲的他，直到八歲的他，和父親來回練習。

整個夢裡響徹著乒乒乓乓的聲音。

突然，場景一換，變成了現在已經十九歲的他和林海正在對打。

快樂享受的神情頓時都消散，他變得戰戰競競、戒慎恐懼。

「小睿，去享受它。」林海說。

他在夢裡硬擠出笑容，揮動著球拍，卻始終感到無法發揮。

接著父親的身影消失變成了一堵空無的牆。

「爸？」

自始至終，他面對的只是一堵牆？他茫然無助地望著那片虛無，一種孤寂感排山倒海而來，他痛哭失聲。

殘存的悲傷延續到現實，醒過來枕頭都還微微散發溼氣。

今天，是他正式回歸桌球的日子。

這樣一個夢讓他心神不寧，不時重複回想。

那一天，在眾目睽睽下，林睿抓起了胡一聽的領口。

那一天，林睿不知道的是，在他離開後，胡一聽卻是一派輕鬆的轉過頭來看著大家。

「他很強，只要他有辦法突破心防，成功殺球，或許會是我們之中最強的。無論如何，我都希望能夠招攬他進球隊。」

「學長，對不起，林睿他平常人很好的。」徐熙貝憂心忡忡地站在胡一聽身旁，擔憂地替林睿道歉。

「不，妳不需要道歉，是我故意激他，想幫他走出來罷了。」胡一聽微微地笑了，摸了摸徐熙貝的頭。

「學長你是不是知道什麼事？」徐熙貝有些驚訝、張著大眼關心地探詢。

「等他願意說的那天，或許就會好了也不一定。」胡一聽看著林睿離去的方向，若有所思。

徐熙貝不安而憂心地看著胡一聽。

胡一聽轉而有些苦澀的笑了笑，回望著徐熙貝。

「妳喜歡林睿對吧？」

「學長？我……」徐熙貝羞紅了臉，一時說不出話來。

「真羨慕他。」胡一聽拍了拍徐熙貝的肩膀，隨後拎著便當小跑步的朝大家身邊走去。

「好了，大家吃便當吧！」

徐熙貝恍恍惚惚地，被一語道破了心事，卻在同時間突然理解了胡一聽對自己的心意，心緒複雜，不知道該怎麼面對。

而林睿和胡一聽間又好像有著太多太多，暗藏在深處無法釐清的過去。

徐熙貝好像明白了什麼，卻又說不上來。

之前，她只是憑著一個直覺，隱約之中覺得必須要幫助林睿面對桌球，也還沒有細細思考自己真正的心意，是胡一聰讓她明白原來自己在不知不覺中依賴著林睿，喜歡上了林睿……她才轉而主動去探求林睿的心。

§

這一天，是林睿睽違多年來，重新再進到一個正規的桌球隊。

他有一點近鄉情怯，腦海中盡是國小參加校隊時的場景，在封閉的地方擠著一堆孩子，一起接受嚴格的訓練。

而現在，同樣的乒乓聲響、來回交錯，攻守推拉，眾人們正努力地投入練習。

一種似曾相似卻又不再相同的感受。

林睿和徐熙貝相偕一起到了桌球隊。

在林睿答應參加球隊的時候，徐熙貝早就先通知了胡一聰。

不知情的眾人一看到林睿的到來，紛紛都停下了動作，充滿戒心，緊盯著他。

大概都將他視為麻煩人物、火爆浪子之類的。

每一個人都戒慎恐懼、充滿敵意。

胡一聽倒是非常快速又爽朗小跑步到兩人面前，像是從來沒有發生過前面那些事情，愉快地看著林睿伸出手。

「歡迎來到志文大學桌球隊！今天是我們練習日，只有星期三會有教練來，不過，我想關於我們球隊的事情，徐熙貝應該都跟你提過了吧！」胡一聽邊說邊燦爛地看向徐熙貝。

徐熙貝顯得有些不好意思，自從知道胡一聽的心意後，她都不太敢直視胡一聽的眼光。

林睿也有點彆扭，氣氛有些尷尬，現場除了胡一聽，也只有徐熙貝是樂見其成他的到來。

大家都明白胡一聽有多希望林睿加入，但也因為如此，讓一直勤奮不懈的猴子更加不服氣。

「大家都辛辛苦苦參加徵選，要不也是參加過縣市比賽才有機會加入校隊。他憑什麼？」猴子在一旁碎唸。

「放心啦！只要他一天無法出手。就永遠沒辦法正式上場比賽。」胖達像是了解猴子的心事一語道出了癥結。

「嗯。人家是軟腳蝦，我看他是軟手蟹。」猴子說完自己笑了一下。

莊晴晴看到徐熙貝執意帶了林睿過來，嘆了一口氣之後，朝猴子跟胖達走了過來。

「滴滴咕咕什麼？擔心別人還不如好好訓練，幫我搬一下東西啦！」莊晴晴看起來心情非常不好。

「我們家的晴女王，妳怎麼看？」猴子故意諂媚的說。

「我怎麼看重要嗎？我現在只擔心我們家小貝貝」莊晴晴沒好氣。

「擔心什麼？」

「我擔心什麼重要嗎？你不是也擔心自己會輸給他嗎？」莊晴晴嗆了回去。

「我哪有？我可是我們桌球隊的第二把交椅，除了胡一聰，我可是打遍志文大學無敵手。」猴子驕傲的說著。

「那你把我放哪？」胖達忍不住回口。

「放心裡。」猴子瞬回。

「老梗。」胖達笑著回應。

「也是，你這噸位我心裡也塞不下，何況我心裡已經有晴女王。」胖達聽猴子取笑自己，忍不住推了猴子一下。

「到底過不過來幫我搬東西啊！」莊晴晴只想眼不見為淨，趕快離開現場。

「好啦好啦。」

「為了徐熙貝想參加桌球隊，我跟著一起加入結果整天都在做這些雜事。」晴晴不甘願地抱怨著。

「妳還不是都叫我們做？」猴子回嘴。

三人邊走邊彼此鬥嘴打鬧著。

胡一聽則是早有準備，已經擬好了訓練菜單交給林睿。

「這是我上週先請教練為你量身打造的。」林睿看了看，都是極為基礎的菜單。跟以前父親剛開始正式訓練他時，所列出的項目似曾相識。

他沒有想太多，只覺得或許當初父親那一套，是延續傳承了某個老教練的做法。

林睿話也不多說，就展開了訓練。

他一直以來都沒有想過要和誰打好什麼關係。

他來這裡的動機，說穿了是為了徐熙貝。可是他卻暗自明白還有那些深藏在內心的期盼。

期盼能擁有一個奇蹟。

找回那個曾經閃耀在球壇、發光發熱的自己。

每個項目他都比教練設定的多做了一倍。

從正、反手斜線、直線擊及反手位正手側身斜線、直線擊球開始，斜線500回，直線300回。

那麼多年的空白，他想把過去那些歲月未能做到的補齊。

他無視那些人的冷眼旁觀、冷嘲熱諷，專心一致地在自己的訓練上。

他深刻地感受到，很多事在當下或許都像是徒勞無功，但總在不知道哪天哪日，就突然有機會能派上用場。

過去的他，偶爾時不時地陪著阿芬姐跟阿塗伯打球，再加上這一陣子每天都陪著徐熙貝跑步訓練，也一起照著之前林睿父親教導的方式訓練，就像是一個國家級選手成為他們的私人教練似的。

林睿的速度、反應、體力，反倒比起現在球隊裡多數的隊員好得太多了。

久了，那些原本懷抱敵意的其他隊員們，也紛紛看出胡一聽學長說的沒錯。

林睿是有實力，甚至可能都還超過他們，只是不知道為什麼，他卻偏偏有著完全無法出手攻擊的致命傷。

眾人對他的敵意逐漸轉成了好奇。

只有猴子常常還是喜歡嘟嚷個幾句，畢竟校內男子單打，他唯一打輸的就是胡一聽，現在無端冒出一個傢伙說實力可能勝過一聰。

原本一聰如果畢業猴子就能穩坐校內比賽冠軍了，莫名殺出一個程咬金，還是個大一新生，要是他真的如一聰所說只要有辦法攻擊，實力就會遠遠超出在場所有的人，那他一直以來覬覦的冠軍位置，就再也不可得了。

也不過是個校內冠軍啊！一次都好，他也好想拿到一次冠軍，成為一次第一。

他默默地期許林睿在自己畢業前都困在那個心魔裡，無法出手。

猴子對林睿的心情，都化作了冷嘲熱諷的言語。

而不知怎麼地，在這部分，他覺得莊晴晴和自己完全連成了一氣。

莊晴晴確實不喜歡林睿。

莊晴晴也說不清為什麼這麼不喜歡林睿，她卻真切的直覺林睿無法讓徐熙貝幸福。因為林睿老是整天不乾不脆，以自我為中心打轉似的。常常掛著看起來一點也不真誠的笑容，包裝良好的自我防衛，銅牆鐵壁般，讓人感受不到真實的情緒。

說穿了就是假假的，不真誠，不知道藏了什麼心事還是陰暗面。

怎麼說都沒有陽光燦爛的胡一聽好。

胡一聽就是個清清白白、單純簡單的人，多麼開朗親切，並且溫柔。

可偏偏徐熙貝就是喜歡和林睿膩在一起。

莊晴晴一直認為自己旁觀者清，早就幫徐熙貝看準了幸福落在何方。

上次徵選淘汰那一次，莊晴晴明確發現胡一聽跟林睿同時喜歡徐熙貝，她就一直想趁著進入球隊，好好的撮合徐熙貝跟胡一聽在一起，讓林睿徹底的 Out！

沒想到徐熙貝還硬是把林睿給拉來了。

胡一聽本人竟然也力挺著林睿。

莊晴晴只好每次都想辦法將徐熙貝跟林睿錯開，而幫胡一聽跟徐熙貝製造更多獨處的機會，常常故意約他們一起去拿東西或買東西。

每當看見徐熙貝要去找林睿，就趕緊約徐熙貝去整理文件什麼的。

才一個多月，林睿很快地逐漸了解到球隊裡彼此的關係。

球隊裡，莊晴晴儼然就是女王，有著姣好的身材與臉蛋的她，明明只是經理，卻被稱為桌球隊之花。完全搶走了其他女隊員的風采。

那個叫做猴子、還有胖達的，整天都圍繞在她身邊獻殷勤。

猴子本名叫做侯家賢，球技很強，但個性卻不怎麼討喜，痞痞的，特別喜歡沒事嘴個幾句誇耀自己一番，只對胡 聽心服口服，沒事就喜歡電電其他人來彰顯自己。

唯一只有莊晴晴治得了他，對莊晴晴可說是百依百順。

而那個胖達，本名叫彭紹齊，其實跟猴子實力相當，只是球路完全不同，胖達的球路如同他本人，穩穩健健的，中規中矩、穩紮穩打，沒有什麼額外的驚喜，卻也難以攻破。

他們兩人唯 的共同點，大概就是都喜歡晴晴。

兩個人追求晴晴的招式跟套路也完全兩樣，一個浮誇直率還帶著一點自大。另外一個則都是走貼心卻容易被忽視的路線。

就好比猴子總是用一種莫名自我感覺良好的方式，半開玩笑的問晴晴要不要跟他約會。

「給妳一個機會跟績優股約會？要不要？」

「不要。」晴晴總是果斷拒絕。

但猴子總是還會補上一句。

「我是怕妳將來後悔，我風流倜儻，風靡萬千少女，將來可是注定要屬於大眾的。不趁現在，以後就真的沒機會了。」

要不就是不知道哪看來的撩妹語錄，不停地用在晴晴身上。

「妳累不累？」

「不累，你想幹嘛？」

「咦，怎麼可能不累？妳都在我腦子裡跑了一天了。」

總是惹得晴晴頻頻白眼，然而猴子簡直就是打不死的蟑螂一樣，還越挫越勇，簡直像是乾脆豁出去的天天都說。

而胖達就都只是默默地、默默地給予溫暖。

像是在每一次訓練結束前就偷偷放一瓶水在晴晴的位置上，然後就心滿意足的離開了，卻始終都不知道晴晴老是咒罵……

「厚，到底是誰老是放錯位置？」

後來才知道，原來晴晴有個怪僻，據說從小開始，只要喝到沒味道的水就會想吐，所以只能喝飲料，但又感覺很不健康。以前小時候喝水時，她爸媽一定會幫她加上一點蜂蜜啦或是檸檬來提味。還好後來推出了加味水，從此晴晴得到救贖，終於有她可以喝的水了。

所以，一般的水，她可是不喝的。

胖達默默的貼心事也還有不少，例如每次在晴晴還沒開口說熱的時候，就先去把冷氣調涼，又或者總是趁晴晴不注意的時候，早早就先幫忙把隊員們毛巾桶裡的毛巾拿去洗。

但他的喜歡真的太默默了，默默到莊晴晴幾乎完全沒有察覺，她只是很理所當然地以為大家都各自把毛巾拿去洗了而已。

林睿看在眼裡，忍不住想，這兩個奇葩的追女生方式，最後究竟誰會成功？

莊晴晴本人倒是經常嚷嚷著將來有遠大志向，才不想在大好青春時荒廢人生談戀愛，她想要將來出國留學，看有沒有機會能擠身進 APPLE 還是 GOOGLE 這樣開創並改變整個人類行為的大企業工作。

「我想做的是改變這個世界。」莊晴晴時常掛在嘴邊說。

而莊晴晴如同徐熙貝說的，相當疼愛她。

這遂成了一種食物鏈關係。

同樣是經理的徐熙貝，理應負責各種大大小小的雜務。但莊晴晴全都禁止徐熙貝動手，要她專心做些簡單的文件處理事務，然後好好練球就好，自己一個人全攬了那些粗活。

那些想追求晴晴的男隊員，一個個搶著獻殷勤，久了晴晴就多了晴女王的封號，也就習慣把工作分發下去給別人做。

只是林睿始終不理解莊晴晴對自己始終冷漠疏離是為什麼？

不僅冷眼旁觀他跟徐熙貝的互動，更多的時候像是在刻意阻擾他們。

他不只一次發現，每當徐熙貝要過來找自己的時候，莊晴晴都會刻意找其他事情支開徐熙貝。

後來一次休息時間的偶遇，林睿才真真切切的明白莊晴晴為什麼討厭自己。

那天訓練告一個段落的休息時間，林睿一個人到走廊的自動販賣機投飲料時，晴晴正巧經過。他善意的招手打了招呼。

晴晴卻絲毫沒有笑意，冷冷地看著林睿，像是不吐不快，在他面前停了下來。

「那天我都看見了。你喜歡小貝對吧？」晴晴說話很直，面無表情。

「我……」林睿錯愕。

「我一向最討厭你這種男生。」晴晴充滿敵意的盯著林睿的眼睛。

「說什麼喜歡一個人就默默守在她身旁，要是沒辦法做到真的默默，又不敢告白，那不如消失，總比在那邊曖昧不清、牽牽扯扯來得好。」

「我……」林睿一時之間不知道該怎麼回應。

「更遑論什麼用哥兒們相稱，你以為你李大仁嗎？現在竟然還真的進了桌球隊。」莊晴晴連珠炮似地攻擊，林睿有些招架不住。

「我真的不知道你想幹嘛？」莊晴晴咄咄逼人。

「徐熙貝是很單純的女生，我警告你，你要是讓她受傷，我饒不了你！」

晴晴一說完，就邁開步伐俐落地離開了。

暴風過境般，肆虐完就消失的無影無蹤。

林睿在自動販賣機前愣住，手裡已經拿著一罐飲料的他，本來打算再幫徐熙貝買一罐。

眼前的按鈕，現在卻不知道該不該繼續按下。

他覺得有些鬱悶，有種自己並沒有錯卻被硬加諸在己身的感受。

但卻又不得不承認，有些話，莊晴晴說的是對的。

他還來不及釐清自己內心的感受。卻聽見徐熙貝爽朗的笑聲，他抬起頭朝聲音方向看去。

徐熙貝和胡一聰正邊說邊笑的走了過來，看起來聊得正十分熱絡。

林睿看了兩人覺得心裡苦澀。自動販賣機的燈還亮著，只稍選定飲料，就能完成購買。

錢也不要，飲料也不要。

他轉身就走了。

「咦，林睿。」徐熙貝看見林睿了。

她知道他明明看見了她，卻當作沒看見。

在那之後，林睿總是刻意迴避徐熙貝，上課時兩人就算坐在一起，林睿也總是顯得無精打采。他將所有的精神都放在了練球上，但他自己也知道，他的狀況並不好。所有的訓練他都做足，甚至加倍，卻一點也看不見自己有什麼顯著的突破。

有一次，當他正對無止盡的基礎訓練而感到煩躁時，猴子卻刻意來找碴。林睿正對著牆壁做直線發球，機械式地乒乒乓乓地來回著。

「欸，學弟打一場？」猴子走到林睿身邊，或許是看準了林睿這些日子根本一點進展也沒，故意要來挫挫他，好讓他知難而退。

「今天的訓練我還沒做完。」林睿回的冷淡。

「你沒聽過實戰訓練嗎？」

「我想先照隊長給的訓練表走就好。」

「你都這樣訓練這麼多大了，誰都看得出來一點進步都沒有，不如讓學長，我，來幫你。」

林睿當然知道猴子來者不善，他眼睛直盯著球練習，不想回應。

猴子看林睿不想理自己，就用球拍硬生生擋下林睿的球。

「學弟，你瞧不起我是嗎？就打一場有這麼困難嗎？」

林睿深呼吸了一下，表情不悅卻馬上壓抑了下來。

「謝謝學長，但真的不用了。」

「你不打，我就一直站在這看你訓練。」

「你……。」林睿才將眼神銳利地迎向猴子。

「怎麼樣？打不打？」猴子挑釁的盯著林睿。

林睿默然，覺得無奈。

猴子笑了突然大聲嚷嚷了起來。

「我和林睿說好打一場。有興趣的來觀戰啊！」

大家不知道前因後果，只知道有比賽可看就紛紛湊了過來。

兩人開始對戰。

林睿順暢的應對，無法快速攻破的猴子反倒顯得有點焦燥。

不容小覷啊，猴子很快地就被林睿的實力給震撼。

不親自對戰真的不知道，胡一聽學長講得沒錯，眼前這一個人有著怪獸般的實力！

現在的林睿，也不過就是像某項能力正被封印住，還無法施展，一但解開了封印那會有多驚人？

猴子感到有些心驚膽顫。卻在打球的過程一邊故意嚷嚷著

「喂，球不是這樣打的。」

「攻擊啊！你沒力嗎你？」

林睿原本相當沉著的應戰，卻在猴子不停地叫囂中開始感到厭煩，他一點也不想多花一點時間在這個猴子身上。

最終他忍不住出手回擊，腦海中卻立刻閃過父親那張痛苦的臉。

手一軟，失誤馬上就產生了。

猴子獲得一分後就一臉勝利，笑得猖狂。

「今天我們就點到為止吧！不然怕你輸得太難看。」

眾人以為猴子直的就這樣輕鬆的放過了林睿，卻沒想到其實是猴子也害怕萬一激怒到林睿，讓他不經意地真的成功殺球了，自己就沒戲唱了。

又一次在眾目睽睽下丟臉。

林睿緊握著拳頭覺得恥辱，或許自己根本不應該一時衝動答應徐熙貝，他比自己想的還要不堪，徐熙貝一臉憂心忡忡地走過來。

「林睿……」徐熙貝話都還沒說完。林睿卻直接故意無視，拎了毛巾後擦身而過直接走到淋浴間去。

他以為自己可以像是什麼激勵人心的故事一樣，說什麼為了愛可以不顧一切地往前衝，說的都太輕鬆了。

在喜歡的人面前，明明是這麼容易感到自卑。

尤其，他剛剛看見胡一聰就站在徐熙貝身旁，顯然也目睹了這一場比賽。

笑吧！就把我當作笑話嘲笑吧！

我也沒有什麼好失去的了，他又忍不住笑了起來。

誰知後來幾天，胡一聽就像是故意一樣，每次訓練結束前都會過來找林睿。說這是訓練的一環，隊長親自做實際操演訓練。

林睿摸摸鼻子剛開始也只好認了，反正臉已經丟盡了。後來發現這件事情像沒有一個終止般，無窮無盡。他覺得自己很努力忍耐壓抑了。

為什麼要逼他？

「林睿，來，打一場。」胡一聽又是一臉燦爛的笑容走到林睿面前。

「你明知道我還沒辦法。」林睿實在討厭他那張與世無爭般的臉，像是沒有經歷過任何哀傷。

「你這樣下去就永遠都沒辦法。」

「為什麼不願意放過我？」林睿不耐。

「放過你？是你不敢面對你自己。」胡一聽說的淡然。

「你什麼都不知道憑什麼說這種話？」

「又來了，只會說別人不懂，那你告訴我啊！」胡一聽不禁冷笑了一聲。

「我打不打桌球到底干你什麼事！」林睿努力克制住自己的怒氣，才不讓自己失態，語氣充滿不悅。

「就憑你是我小時候教練林海的兒子，是打敗過我的天才球星。你憑什麼忘記桌球怎麼打？」胡一聽少見的有些激動。

「你……。」林睿震驚。

怎麼會？怎麼會？他顯得有些恍惚。

「你不記得我了是嗎？你忘記桌球、忘記你爸，也忘記我了是嗎？」胡一聽不給林睿一點喘息的時間，繼續追問著。

「我……。」林睿既震驚又迷惘，他試著想從過去殘存的記憶拼湊出胡一聽這個人，卻越想越模糊，記憶的資料庫像是被人刻意刪除了許多片段。

「你以為一輩子逃避，不肯面對就沒事了嗎？你對得起你爸嗎？」一直以來看似溫和的胡一聽竟忍不住吼著，氣得顫抖。

林睿萬萬沒想到胡一聽竟然和自己有淵源，原來胡一聽的針對跟執意邀他入隊是其來有自，但他卻連一絲絲也想不起來……

自從父親離開之後，他被迫忘記所有關於桌球的一切，隨著母親的逃離，他也徹底避開了那些會讓自己傷心的回憶。

創傷症候群嗎？

當他第一次讀到這個名詞時，他都會一廂情願的這樣想。

畢竟這樣想最輕鬆了，可以合理化他所有的拋棄跟遺忘，不用感到愧疚。

那些過去的人事物，比曾做過的夢境還要淡，淡到他都懷疑起那是不是別人的人生錯植到自己的記憶裡。

但明明刻意的遺忘是大腦的保護機制不是嗎？

為什麼偏偏父親在場上痛苦倒地那個畫面卻是異常的清晰。幾乎是一閉眼就觸手可及。好像在反覆提醒他，不該這麼輕易逃離。

林睿徹底被胡一聽的話給擊潰了。

「你懂什麼？你懂什麼？你懂我這幾年怎麼過的嗎？」他吼著，不知道該怎麼面對自己的情緒，淚水卻已經潰堤。

「少自命清高了你，你以為你能改變什麼？少了父親的人是我，人生從此改變的是我，你以為你幾句話能改變我什麼？笑話。」林睿故意不屑地冷笑著，眼淚卻流了下來。

他突然抬頭看向一旁，桌球隊所有的人都正望著自己。

他看見徐熙貝的關心與不捨，還有難過。

我不想表現得這麼脆弱啊！我才不想要妳擔心。他立刻衝離開了桌球隊。

這一次，徐熙貝馬上就跟著追了上來。

「林睿！」徐熙貝衝過來抓住林睿的手。

林睿繼續走的飛快，徐熙貝的手抓不住了，她有一股想哭的衝動，卻努力的壓制住，該哭、該難過的人不該是她。

她只想在此時此刻溫柔並堅強的承接住他。

「妳不要管我，讓我靜一靜。」林睿說完就加快速度。

「林睿！」

一路上林睿不停地往前走，徐熙貝就努力的緊追不捨。

兩個人一同走出了校園，穿過大街小巷。

林睿陷入自己一個人的世界，渾然不知徐熙貝還一直靜靜地跟在後頭。

最後林睿走到了一個公園，靜靜地盪起了鞦韆。

徐熙貝上氣不接下氣地站在遠處，順了順呼吸，默默地走到一旁的椅子等待著。

等待林睿再一次從自己的世界走出來。

直到夜深人靜，林睿從回憶恍然回過神來準備離開，轉頭看見徐熙貝一個人正一臉疲憊地曲著腳在椅子上看著自己，像是個孤單被遺落在街頭的流浪貓。

林睿又是感動又是心疼。

「妳一直在這邊？」徐熙貝默默地點點頭，他坐到了徐熙貝的身旁。

「對不起。我答應你要好好試試看的。」

徐熙貝搖了搖頭，眼眶裡泛著淚。

「我才對不起，我不知道你經歷了這麼多，如果知道會害你這麼痛苦的話……我就不應該勸你。」

「你也是為我好。」林睿淡淡的說。

「不，我是自私。是我私心的希望我們可以一起喜歡同一件事情，是我私心的希望你可以真正的快樂，是我私心的希望……」

徐熙貝頓了頓，有些遲疑。

「希望……我們可以在一起。」她滿佈血絲細薄的臉，紅通通的延伸至了耳朵。

林睿恍恍然，沒聽清楚似地。

「林睿，我喜歡你。」

林睿不可置信，驚訝地望著徐熙貝，半响說不出話來。

「可是我一直以為你喜歡的是胡一聰。」

徐熙貝用力深呼吸了一下，像慷慨就赴。

「我自始至終喜歡的都是你，對學長就只是偶像般的崇拜，跟愛情無關，我一直都喜歡你，我跟你相處的時候很白在，所以我才會沒事就找你一起去哪，才會很多話都只想跟你說，你對我很好很好，在你面前我可以放心的做我自己，不用擔心講話要不要修飾，要不要偽裝自己。我……我很喜歡你，所以……在你以為我喜歡胡一聰要我去告白的時候，罵你是個大白癡。超級無敵大白癡。」

徐熙貝一口氣說完了一大串，瞬間爆發般卻驟然停了下來。

她喘息著，臉紅涌通的，沒了主意，低著頭眼睛左右轉動，顯得又羞又不知所措。

「我……？」

林睿回想起那一天徐熙貝是那麼的生氣，一時之間他五味雜陳，沒有戀愛經驗的他，即使面對自己喜歡的人對自己坦承心意，竟然也不知道該怎麼反應。

兩個人之間，一陣靜默。

徐熙貝有點苦惱，自己都說到這個程度了。林睿竟然就只是沉默。

她揪著自己的衣服，一陣煩躁。

「接下來呢？」

「什麼接下來？」

「我們啊！怎麼辦？」

「什麼怎麼辦？」林睿反問的這麼理所當然。

徐熙貝突然慌亂了起來，有些氣惱自己般絮絮叨叨了起來。

「吼……我真應該聽你的話，什麼如果對方喜歡自己的話就等對方告白就好啦，如果對方不告白那我要怎麼知道對方喜歡自己。

那一天圖書館我站起來，你跟我說不要去，我還以為你是不希望我去告白咧，我還以為你是因為喜歡我，所以我現在才……可是……可是，我都已經說出喜歡你了，但你，吼，原來一切都是我自己一廂情願……」

林睿看著徐熙貝，還缺乏著些許現實感。

他趕緊非常、非常用力的搖了搖頭。

「不是，不是，妳沒有一廂情願，我喜歡妳，我很喜歡妳。早在第一次遇見妳那個時候，我就喜歡妳了。我只是……太高興了，不敢相信是真的，我…我還在適應，適應這麼美好的事情竟然發生在我身上。」林睿誠懇的說完這段話。

徐熙貝的臉上染上紅暈，淺淺地笑了，眼裡盡是淚水。

「傻瓜。」她害羞的說。

周圍散發著一陣甜甜的幸福氣息。

徐熙貝緩緩地將頭靠到了林睿身旁，依偎著。

林睿不由自主地輕輕握住了徐熙貝的手，非常珍惜地。

林睿覺得自己再也不是孤單的一個人，心裡有種被填滿的感覺。

他很想很想跟徐熙貝分享屬於自己的一切。

他開始細細說起小時候……

說起自己是怎麼開始打起桌球，那些成長的片刻，桌球又是如何曾經佔據他成長最重要的歡樂記憶。

他說，他真的好想好想好想父親，好想念那一段童年的時光。

林睿說起小時候打球時狀況不好，父親總說遇見挫折哭是最沒用的，所以他總一廂情願地覺得自己只要笑著，或許日子就能回到從前。

但他卻眼睜睜地看著母親將所有的東西都拋棄，卻什麼都不敢說不敢爭取，就這樣任由自己被周遭的一切吞沒，假裝所有的一切都不曾有過。

壓抑的一切最終是反彈了。

「不快樂何必要勉強自己笑著呢？我相信你爸不是要逼你笑著，不能抒發自己的心情，而是希望你勇敢去面對。」徐熙貝說。

林睿心裡突然感到深深的酸楚。

「你記得嗎？在你爸逆轉勝那一次，他接受採訪說：『不怕落後、不怕失誤、不怕挫折，只怕一蹶不振。』人如果遇到困難，當然會難過會想哭，但是哭完了，我們要勇敢面對，才能夠跨過去，之後回首過去，或許還能一笑置之了也說不定。」

林睿怔怔地看著前方，內心有著不小的撼動。他覺得徐熙貝代替了父親林海發聲，在這麼多年以後，她用了父親的話來安慰自己。

很多時候總是旁觀者清，自己始終看不清致命的關鍵，陷入自怨自艾的牛角尖裡轉不出來，明明是最熟悉父親的他，卻緊緊地抓著那樣一句話錯誤解讀後還當作救命草，困住了自己。

林睿悲從中來，激動得痛哭。

那一夜很長很長，如同過往的回憶無邊無際的深邃。

直至破曉，他們一起看著太陽重新將黑夜照亮。

第七章 幸福時光

戀人無畏他人眼光，只因眼裡剩下彼此。

自從林睿和徐熙貝互相表露了心意後，本來就形影不離的兩人，彷若將世界看做孤島，只剩下對方般相互依存的膩在一起。

簡直如入無人之境，像是要把眾人眼光閃瞎似的甜蜜。

「晴女王，妳看他們都在一起了。妳這個閨蜜眼看就要被打入冷宮了，要不要跟我去約會啊！不然妳這樣很掉漆耶！人家會以為妳沒人要耶。」猴子卻是樂見其成，打好如意算盤想使用激將法來趁虛而入。

晴晴給猴子一個大白眼。

「我要是跟你約會，那才真的是會掉漆。」

「好歹我也是副隊長欸，校內比賽第二，等學長畢業我就穩拿冠軍了。」

「我看你別指望拿冠軍了。」

莊晴晴示意猴子往林睿方向看去。

徐熙貝正開心地與林睿對打練習，一來一往頗富節奏的乒乒乓乓響著，流暢的揮拍動作，迅捷的應對，又將眾人看得相當驚訝。

驚訝的不單單是林睿打球的姿態看起來輕鬆自在多了，還有徐熙貝也顯見有了長足的進步。林睿和徐熙貝樂在其中，出擊也不再因手軟而產生失誤，雖然說要稱得上殺球，還是有一點距離。

而讓他們兩個有所改變的，全都歸功於前些日子阿芬姐和阿塗伯的祕密特訓。

自從林睿將自己的過去一五一十全盤托出後，阿芬姐和阿塗伯這兩個傳奇人物就讓徐熙貝好奇不已。她央求著林睿帶她去市場見見這對宛若他乾爹乾媽，生命裡相當重要的兩個人。

林睿一直擔心生人勿近、殺氣騰騰的阿芬姐，和駝著背像鐘樓怪人又老講錯話的阿塗伯會讓徐熙貝退避三舍。

誰知道他們三人一見面就一拍即合。

林睿牽著徐熙貝走到市場的最深處，直搗龍潭虎穴而去。

當徐熙貝映入阿芬姐的眼簾之際，阿芳姐手上的屠刀立刻放下了，身上的殺氣取而代之的是無比的震驚。

「這女孩是……？」

接著阿塗伯從菜攤瞬間橫衝出來，擋在兩人面前。

「該不會這就是？」阿塗伯面目猙獰地盯著徐熙貝。

「天啊！我們家小睿。」阿芬姐不敢置信地也湊了過來。

林睿眼看著阿塗伯跟阿芬姐幾乎要把徐熙貝給看穿了似地瞪大眼睛，忍不住開口阻止。

「你們不要……」

「天啊！」徐熙貝卻一聲驚呼打斷了林睿。

「阿塗伯您該不會是球壇人稱鬼見愁的國手簡塗生？」徐熙貝竟一點也不膽怯，反而是一臉驚喜地看著阿塗伯。

「這麼久遠的封號妳這年紀竟然知道！？」阿塗伯瞬間面露得意之色。

接著徐熙貝又轉向阿芬姐，更是雀躍。

「阿芬姐，該不會妳是……當初有千手觀音之稱的桌球女霸。當初跟球后朱家心組成雙打，成為必殺雙人組。」徐熙貝邊說阿芬姐就開始忍不住搔首弄姿、撥弄了頭髮幾下，含蓄地笑了笑。

「對啊！妳怎麼知道，球后朱家心就是林睿的媽媽。」

徐熙貝一臉不可思議，看了看林睿又看了看阿塗伯跟阿芬姊。

「天啊！我也太幸運了吧，妳們之前奧運對德國那一場超精彩的耶。」徐熙貝瞬間就是超級球迷的模樣，惹得阿塗伯跟阿芬姐都心花怒放，把林睿晾在一旁。

「什麼？我媽打過奧運？」林睿還在驚訝中無法接受。

「我還以為沒有人注意到那一場？」阿芬姐故意說。

「雖然沒能打進前三名，但是那一場真的很強啊！尤其是您中間接到對方一個放短快攻，真的太強了。那個應變真的很快速耶。」

「唉唷天啊！妳竟然真的記得，妳根本是桌球小百科了吧妳。」阿芬姐笑得花枝亂顫，林睿跟阿塗伯整個都呈現驚呆的樣貌，十多年了，也沒看她笑得這麼開懷過，更沒聽過她誇獎過誰。

「因為我自己沒得打，就只能一直看比賽啊！而且阿芬姐妳保養得好年輕啊，就是因為根本沒變我才馬上認出來的，不，好像還比以前還漂亮耶。」徐熙貝繼續誇讚。

林睿跟阿塗伯從來也沒看過阿芬姐對誰這麼熱絡。

「很可以嘛！林睿……，你女朋友很上道嘛！」阿塗伯忍不住推了林睿一下。

阿塗伯、阿芬姐，和徐熙貝很快地就打成了一片，大家聊得忘我，除了林睿。

就這樣，他又再次嚐到被無視的滋味。

「到底是誰說有人際障礙？明明很會交朋友啊？」林睿反倒像是個小媳婦一樣嘟嘟嚷嚷的在一旁碎唸著。

阿芬姐一聽徐熙貝是桌球隊的，就主動要阿塗伯架起桌球桌。和徐熙貝兩人一起對戰林睿跟阿塗伯。

兩個男生同時都是面對著自己心愛的女生，都顯得有些不敢放心出手，但彼此間的氣氛卻是相當快樂的。

阿芬姐和阿塗伯邊打還邊時不時的鬥嘴更是常惹得林睿跟徐熙貝捧腹大笑。

徐熙貝純真而燦爛的笑臉，有種魔力渲染了周遭所有的人，打球的歡樂讓林睿想起小時候和父母那些快樂時光。

終於，他一個流暢的出手，竟是不假思索的回擊殺球。

立刻引起另外三人的震驚。

「小睿你……。」阿芬姐說。

「小睿你……。」阿塗伯說。

「林睿，你成功殺球了耶！」徐熙貝歡呼的說。

「對，雖然力氣還是滿弱，但至少不是整隻手軟掉。」阿塗伯忍不住接話。

「我怎麼有一種我好像被誇獎了但好像不是很開心的感受。」林睿一陣無言地說著。

徐熙貝卻是滿臉喜悅看著林睿，讓他心裡很快地就再度洋溢著暖意，看著自己喜歡的人這麼在乎自己，因為自己有所突破而感到如此雀躍滿足，他覺得好感動。

林睿也回以溫暖的笑容。

三個人趁勝追擊又多打了好一陣子，他們一而再、再而三地確認林睿真的可以出手了，真的可以進攻了！

終於能夠出手進攻的林睿，是不是從此就像以前一樣做著自己真心嚮往的事？

他們都覺得這真的該好好慶祝一下。

他們相約一起到附近的一間快炒店吃飯。阿芬姐和阿塗伯你一言我一語的開始講述著往事。說著小小的林睿多自閉，剛來到市場時總是自己一個人就坐在菜攤前一動也不動，頂多就是看著人走來走去，靜靜地就待了一下午。

「原來你跟我一樣喜歡看人嘛！」徐熙貝甜笑著。

「不，我覺得好像有哪裡不太一樣。」林睿淡然的回應，誰知徐熙貝根本也沒聽進去，就又喜孜孜地繼續跟阿芬姐還有阿塗伯說笑著。

又被忽視，他故意做出不耐的臉。

但他心裡卻覺得很幸福，很滿足地看著他生命中最深愛的人們相處得這麼愉快。

每一件只要是關於林睿的過去，徐熙貝都聽得津津有味。

趁著眾人酒酣耳熱之際，徐熙貝故意低聲湊近阿芬姐身邊……

「阿芬姐，妳知道林睿媽媽為什麼不打桌球了嗎？」

「最初還不是因為有了家庭，女人啊，為了愛情為了家犧牲夢想都嘛很常見。」

「那阿芬姐妳也是嗎？妳是因為阿塗伯所以才不打球了嗎？」徐熙貝問得小心翼翼。

在一旁的阿塗伯喝下了一口湯嗆到，差點噴了出來，趕緊拉著林睿聊別的話題，假裝沒聽見。

徐熙貝雖天真，卻也察覺到自己好像有些誤判情勢而趕緊停止說話。

她帶著歉意不知道該怎麼繼續問下去。

阿芬姐看了徐熙只一眼，了然於心地笑了笑。

「老實說，打桌球也是很辛苦，訓練很操，每年又都要重新選拔一次，要是沒選上又覺得很丟臉。永無止境的感覺。有些人是很熱愛，但我只是小時候因緣際會參加了校隊，參加比賽得獎，覺得好像可以貼補家用。就一路比了上去。」

「喔喔。」徐熙貝趕緊附和。

「不過妳想知道的不是這個吧！」阿芬姐調侃的笑了一下。

徐熙貝憨笑點了點頭回應。

「老實說，其實我們也搞不懂家心為什麼……從此連桌球都不碰也不提，大概怕觸景傷情吧！畢竟原本是這麼幸福啊！」阿芬姐感嘆的說。

「妳們都沒試過問問她嗎？」

「哪敢啊？她還耳提面命要我們不准在林睿面前提到任何跟桌球有關的事，當然也不准玩。我們啊，都偷偷來的。」

徐熙貝聽完心事重重地。

一旁的林睿和阿塗伯兩人因為恰好都要夾同一道菜，正像個孩子開始用筷子打架了起來，玩得不亦樂乎，完全沒聽見徐熙貝跟阿芬姐的對話。

在那之後，徐熙貝和林睿就幾乎天天去找阿芬姐跟阿塗伯。兩個人的球技也就跟著在短時間內有了大幅進展。

而林睿因為已經能夠進攻，加上初嚐愛情的甜美，在徐熙貝的鼓勵下決定再次回到桌球隊。林睿也特地找胡一聰握手言和。

「那天不好意思。」林睿說。

「我知道有一天你會回來的，歡迎歸隊。」胡一聰笑笑，隨即笑著轉往徐熙貝曖昧地笑著。

「妳成功幫助他突破了，幹得好。」胡一聰習慣性動作的摸了摸徐熙貝的頭。

徐熙貝臉又紅了起來，顯得相當害羞，林睿卻看得不是滋味。

「學長，不好意思，以後這個動作只有我才能對她做。」林睿突然挺身站出，隔在兩人之間。

「喔？」胡一聰看了看徐熙貝又看了看林睿。

「因為她現在是我的女朋友，你這樣，我會介意。」林睿說完。

「喔，恭喜你們啊！」或許早是預料中事，胡一聽只是風度翩翩的笑了笑，眼神仍是溫柔地看了看徐熙貝，就轉頭集合了眾人歡迎林睿的歸來。

桌球隊的大家也都感到相當驚訝，才一陣子不見，林睿竟然已經是能夠成功出手攻擊的了，那天究竟發生什麼事？但看著林睿跟徐熙貝修成正果的甜蜜模樣，都紛紛揣測是愛情的力量。

林睿和徐熙貝就這樣開始公開交往，成了人人欣羨的一對。

每天總有說不完的話題，一起打球，一起上課。

但林睿雖然已經能夠出手攻擊，卻始終施展不開，整個人顯得綁手綁腳的。以致即使出手了也都不夠有力道，總能讓對方輕易地接下他的球。

林睿自己也顯得有些懊惱。

原本擔心地位不保的猴子，觀望了一陣子也發現林睿仍是不足為懼，決定還是好好鍛鍊自己球技跟集中火力把妹比較重要，竟也就不怎麼找麻煩了。

眼看桌球隊好不容易才迎來風平浪靜，隊長胡一聽卻馬上提議要和聯合大學來場校際聯誼賽，時間就訂在下個月。

聯合大學和志文大學彼此是瑜亮情結，常常在互爭冠軍，卻又惺惺相惜。但唯獨男子單打這個項目是年年由胡一聽拿下，其他的項目則都是這兩個學校輪流佔據冠亞軍。

也因為實力不相上下，每一年都會舉辦聯誼賽來激發彼此潛能。桌球隊裡每一個隊員都要經歷單打比賽，雙打則是看安排。胡一聽將雙打名單一一列出，在這個月選手們彼此要先好好培養默契。

「林睿，我跟你一起雙打。」胡一聽又是那派陽光瀟灑地走到林睿面前。

「我？」林睿有些驚訝，如果和胡一聽一起雙打，比賽時那絕對是眾所矚目的焦點，但同時，壓力也非常的大。

「你守球守得很好，我可以放心出手。」胡一聽看出林睿的擔憂，拍了拍他的肩膀。

「嗯。」林睿應了下來，卻有一點遲疑跟不確定，他還是擔心自己的狀態。

「在比賽之前，我們按照以往慣例要進行周末特訓一次。」胡一聽跟眾人說明，以往有任何校際間的比賽，總是會進行外地特訓，大概也都是兩天一夜，除了訓練，更多的是促進彼此情感，透過許多活動、交流來培養大家的默契。

莊晴晴馬上就急忙舉手。

「請問我們經理也得去嗎？」

莊晴晴和徐熙貝同時都在意這個答覆。

「當然。」胡一聰回答，莊晴晴顯然老大不樂意的，一點也沒修飾的將臉垮了下來，徐熙貝卻是洋溢著幸福地看著林睿。

「我們的食住都交給經理規劃安排，妳們也是球隊的一分子當然要一起參加。」胡一聰接著說。

林睿看著徐熙貝的雀躍，也只能硬逼自己擠了一點笑容來回應，對他們兩人來說算是一次難得的出遊。

但，林睿始終擔心自己根本無法成為一個好搭檔。

那天回家，徐熙貝一直都是相當興奮，滔滔不絕的。

「你可以和胡一聰雙打出賽耶！那就代表學長覺得你跟他實力相當，想到就好期待耶。」徐熙貝滿臉洋溢喜悅、自顧自地說著。

林睿卻憂心忡忡地、愁眉苦臉。

「怎麼了？你不開心啊？」徐熙貝轉頭察覺林睿的不對勁。

「我雖然可以進攻了，但是還是施展不開……我……」林睿吞吞吐吐。

「可是雙打不是靠學長快攻，你主守嗎？」徐熙貝有些疑惑。

「還是你是擔心單打？」徐熙貝追問，林睿更顯得眉頭深鎖。

「林睿，你是不是因為你媽的關係？」

徐熙貝連續問了三個問題，林睿都默然不語，其實他自己都有點理不清自己真正在怕什麼，怕被母親知道還是自己仍存在著什麼心魔。

徐熙貝也就跟著沉默了下來。

兩個人各懷心事相偕走著，那是兩人很久不曾有過的空白。

後來幾天，兩人相處時，開始經常陷入沉默。

那樣的感受像極了林睿跟母親那種相敬如賓，他知道，因為他的再一次無法坦率，和徐熙貝再次有了隔閡。

徐熙貝雖沒有之前冷戰那樣疏離，卻開始經常發起呆來，若有所思的。

§

特訓這一天，大夥相約在校門口集合，只見SVMAX、勁戰、名流，大家的摩托車一字排開爭奇鬥艷著。

每個男生幾乎都騎著自己的摩托車來，有摩托車的女生卻只佔一半，

大家紛紛討論誰該載誰。徐熙貝理所當然給林睿載，還有許多同樣沒車的人老早在私底下說好似的，都紛紛找到人載了。

只剩下莊晴晴覺得有點沒面子的被遺落。

可惡，大家都內定好了！也太沒品了吧！難道要抽鑰匙？晴晴整張臉鼓鼓的，忍不住在心裡咒罵。

沒料到一群男生果然就簇擁著將自己的鑰匙紛紛丟出來讓晴晴盲選。

晴晴好死不死抽到了猴子的車，猴子的摩托車是檔車，要帥又高調到一個不行。

「怎麼樣？我這野狼傳奇夠趴吧！」他擺出洋洋得意的模樣。

晴晴走到車子旁卻是一副嫌惡的臉，帥是帥，但估算了一下根本後座過小，末端的部分又陡，即使猴子再瘦，但因為晴晴也算高大，除非緊貼著不然看起來根本不好坐。

這怎麼載人？這設計給單人使用的吧？晴晴打量了一下顯得不屑。

「什麼野狼，我看是孤獨一匹狼吧？」晴晴嘟囔著。

果決放棄，轉抽下一把鑰匙。

抽到胖達的 Majesty，那瞬間胖達壓抑著自己的喜悅，臉變成了不自然的抽蓄。晴晴上下看了看，不得不說車大台又豪華，雖然看起來也沒有多好坐，因為實在後座是太高了。但能抱持寬敞的安全距離就是加分。

晴晴向胖達走去。

胖達感覺到和猴子間長久以來的競爭，終於有了完全勝出的一次。

他帶著幸福又滿足的神情，將後座擦好並拿出一頂完全嶄新的安全帽給晴晴。

這是他早就為晴晴準備好的，他一直想著哪一天晴晴要是有什麼事臨時需要人載，他就可以自告奮勇。

於是他很審慎的、精挑細選了一個女生也會覺得漂亮的安全帽，擺放在後座已經兩三個月。

只是他不知道的是，當晴晴接過這頂安全帽，內心一閃而過的念頭卻是「喔，胖達交女朋友啦！」

她善意地對胖達笑了一下，將安全帽戴上。

胖達樂到一個不行，出發在路上都一直幻想著將來若是晴晴當他女朋友，就會像此時此刻般，相偕騎車出門。

想著，他就一直維持著幸福感的傻笑。

大夥一群人浩浩蕩蕩到了一座小巧的度假中心，裏頭有許多的設施，提供大家露營、烤肉，甚至還有泡湯溫泉。每個人都有了遊玩的心情。

莊晴晴跟徐熙貝到櫃檯拿了房卡，分配後就準備開始今天的訓練行程。

在桌球室裡林睿跟胡一聰、胖達跟猴子，雙雙一組彼此先來場練習賽。只是很快地就發現，林睿比起之前還更加拘謹跟保守了。

過度小心翼翼的結果，連好好地防守都顯得相當吃力，連帶著讓胡一聰也無法好好施展，忍不住頻頻皺起眉頭。

最後胡一聰險勝了猴子他們一組，接著再繼續個別輪流單打練習。

一整天下來，林睿都無精打采的。

徐熙貝在一旁看在眼裡，更是憂心忡忡。

到了晚餐前的休息時間，徐熙貝跟林睿走在度假中心內一處美麗的步道。

兩人靜靜地牽手散步，徐熙貝一直顯得心事重重糾結著。

「林睿，你……是不是因為在意你媽會不高興的關係？」她又再一次探詢，十分小心地說著。

林睿卻頓了一頓，深呼了一口氣。

「或許吧，我也不知道。」

「你是不是怕自己表現好，有一點成績出來，就很可能被你媽發現？」

林睿默默不語，思索著。

「我覺得你應該去跟你媽講清楚。」

「妳有沒有想過，如果她不同意怎麼辦？不准我繼續怎麼辦？那我可能連現在這樣練球的機會都沒有了。」

「可是這是你的人生啊！她自己可以選擇過著沒有桌球的日子，但你……」徐熙貝講到一半，正思考該用什麼措辭。

林睿卻瞬間又出現那種好像什麼也不在意的笑容。

「或許……我根本是害怕自己用盡全力了，卻仍然無法恢復原本的狀態。」

「嗯……。」

徐熙貝覺得一陣心疼，又不知道如何是好，如她所說的，無論做出什麼選擇，也都是林睿自己的選擇，自己不過是個女朋友，有權利干涉這麼多嗎？就像她之前什麼都不知道一直邀他來桌球，讓他經歷了巨大的痛苦。

一向勇往直前的她，現在卻困惑了起來。

「啊－要是有時光機就好了。」徐熙貝大聲地說。

「嗯？」林睿將眼光轉向她。

「如果有時光機我就要去找八歲的你，好好的安慰你，也好好了解你媽的心情。」徐熙貝邊伸展邊說，講得好像很不經意似的，暖意卻湧進了林睿心頭。

有徐熙貝真好，林睿想，如果可以，他也想為了她努力，讓她永遠都開開心心的。但……他真的能做到嗎？林睿不禁感到有些苦澀。

「如果有時光機，我真想知道我們的未來會是怎麼樣的？」林睿故作輕鬆笑著。

「那還用說，一定是超幸福的啊！變成兩個白頭老阿嬤跟阿公在那邊打球。」徐熙貝撒嬌地看著林睿，手假裝揮舞球拍，純真的樣子令林睿深深著迷。

遠方傳來莊晴晴和猴子他們嬉戲的聲音，轉移了兩人的注意。

前方的晴晴正在猴子跟胖達後面頤指氣使的催促他們搬東西，又邊鬥嘴著。

「妳說，晴晴最後會選誰？」林睿半開玩笑地問。

「這兩個都不太像是候選人耶！」徐熙貝沉思了一下。

「欸，你們兩個人躲在這邊做什麼？一起過來烤肉啦！」胡一聽正拿著一個箱子，對他們招手。

林睿站了起來拍了拍，然後伸出手牽起徐熙貝，一起向眾人奔去。

大夥們熱情地烤肉、嬉鬧，搭配著音樂聲，每個人都顯得相當快樂，那種快樂有一種虛幻，像是一種偷來的，原不屬於自己的，今日當酒今日醉的快意。大家也紛紛幻想起自己的未來。

「我？可能就一直打下去吧？」再過一年就要畢業的胡一聽瀟灑地說著。

「老實說，我爸媽不太同意我繼續打球，說當健身玩玩就好。」胡一聽露出苦澀的笑容。

林睿聽了有些驚訝，畢竟胡一聽鮮少說出自己的事。

「我還在努力，看看有沒有機會打進國手。我想到那個時候他們就會改變心意支持我了吧！」胡一聽一邊顧著火，講得毫不在意似地。

林睿還想聽下去，誰知胡一聽卻不再說了，他正開口想追問。

「對！如果你們誰成為國手，我啊，一定會到場為您們加油的！」徐熙貝突然跳了出來緩場，一副熱血的樣子。

胡一聽低著頭，卻也因著聽見徐熙貝的話而露出欣慰的笑。

林睿恍恍地看向胡　聽，徐熙貝卻映入眼簾霸佔住他的視野。

「林睿，如果你當上國手，我也一定會到場為你加油喔！」接著猴子竟有樣學樣地模仿徐熙貝跟每個人說著同一句話。眾人一陣哄堂大笑，氣氛整個又是鬧哄哄地。

稍晚的溫泉泡湯更是成了男生們眾所期待的重頭戲。

這樣的年紀，絕大多數人都沒有泡過大眾池的經驗。男女的大眾池大家雖然大家都穿著泳裝下池，但也就夠這些情竇初開的大學生們害羞了，女生們幾乎就都遮遮掩掩地趕緊跳下水，有些則根本放棄不來。

莊晴晴跟徐熙貝一出現，許多男生就顯得很雀躍。

莊晴晴身材高挑又玲瓏有緻，馬上就吸引了很多人的目光跟讚嘆，原本曖昧青澀的氣氛，最後卻在莊晴晴跟猴子的鬥嘴中演變成了潑水大戰。

直到度假中心的工作人員受不了，跑來喝斥他們。

「同學，你們再這樣潑下去，溫泉都要見底了！」

他們一群人一臉歉意，感到羞愧不已決定速速離場。

「都你啦！」莊晴晴沒好氣地對猴子說。

「是妳先潑水過來的欸！」猴子理直氣壯。

「要不是妳老是講有的沒的我哪會潑水啊！」

「那就是了嘛！我講有的沒的妳幹嘛這麼在意？」

「那我潑你，你幹嘛潑回來，你幹嘛這麼在意？」

「我在意妳，妳不是早就知道的？」

「哇賽，在這種時候你竟然還可以說出這麼噁心的話。」莊晴晴故意表現得被噁心到的樣子。

莊晴晴跟猴子來來回回地鬥嘴，眾人怕工作人員又來罵只好將兩人拉開，不然又差點演變成一場鬧劇。

最後好不容易分成男女兩邊各自回去休息了。

房間男女各分一間，畢竟學生，為了省錢大夥就這樣一起擠一擠，也是挺有趣的。一整個晚上大家邊聊天邊睡覺，林睿跟徐熙貝雖分隔卻都是心繫著彼此。

默默地在睡前，向心裡的他道晚安。

特訓結束，球技到底有沒有進步不知道，但彼此的感情卻是更熱絡了。

§

校際聯誼賽的日子終於到來，場內外熱鬧非凡。不少兩個學校的球迷與親友都到場來為自己喜歡的球員加油！

對許多人來說，這就等同於大學球隊的冠亞軍賽，精彩可期，其他學校的球隊們也紛紛前來朝聖觀摩，前來觀賽的民眾比預想得還要多得多……

看見這樣的盛況，林睿顯得更加畏畏縮縮，像是想努力遮掩不讓人看見，但身為一個選手，又怎麼可能不被看見？

賽事的氣氛讓林睿相當不安，一切彷彿倒流回過去。

他感覺到自己有些心悸，手腳冰冷。

距上次正式上場比賽，是十年前的事情了。

「小睿，你怕嗎？」林睿想起小時候，第一次上場父親對他說的話。

「你知道戰勝恐懼最有效的方法是什麼嗎？」

小小的他，握著球拍一張緊張得快哭喪著臉，搖搖頭。

「就是面對它！」

一陣哀傷瞬間盤踞在心頭，他突然很想念爸爸林海那雙充滿鼓勵凝視著的雙眼。那樣堅定不移的眼神曾經無數次地給了林睿信心，讓人從每一次的緊張中安定了下來。

和他搭檔雙打的胡一聽也察覺到林睿的狀態，特地走了過來拍了拍他的肩膀。

「還好嗎？」

「學長……」林睿心裡一陣徬徨。

「就是個友誼賽，不要有太大的壓力。」胡一聽溫柔地對林睿笑了笑。

最後上場比賽，林睿卻反常到一個不行。

本來胡一聽就不期望他進攻，但他不僅顯得相當保守，連原本應該可以好好守住的球都變得吃力。

害得胡一聽原本以為可以全力衝刺快攻，現在卻反過來要幫林睿防守。

林睿突然失誤，一個球沒接好，失了一分。

觀眾席突然一陣噓聲。

誰都看得出來他嚴重拖累了胡一聽，這一次原本眾所期待的男子雙打，硬生生成了一場悲劇。

胡一聰大學的桌球生涯首次嘗到敗績。

下場以後林睿一臉愧疚。

「對不起，學長。」

「你不用跟我說對不起」胡一聰寬慰的笑了笑。

「聯誼賽嘛，本來就是讓我們提前知道自己的弱點在哪，正式比賽前才有機會克服。我不知道還有什麼困住你，但我相信你，總有一天你可以的。」一派輕鬆的從容姿態，林睿實在又羨慕又好奇胡一聰究竟是怎麼能總是一副天下無難事的豁達。

沒多久，換男子單打。

輪到林睿上場的時候，一開始就因為男子雙打留下的壞印象，那些胡一聰的粉絲們就忍不住噓聲四起，紛紛都顯得相當不耐，氣氛相當詭譎。

劇烈的心慌與自責籠罩著林睿，渾身顫抖的他，只想趕快逃離現場，懷抱著這樣的心情參賽，連最厲害的防守也快速被對方擊潰，一路被輾壓，草草結束。

他垂頭喪氣的走出會場，想好好地透透氣甩開那些難堪與恥辱，徹底離開球場的喧騰與嘲弄，卻剛走到出口，就看見徐熙貝和朱家心竟然相偕站在眼前。

母親朱家心一臉憂心忡忡地看著林睿。

「媽？」聲音因壓抑過度顫抖著。

「小睿。」

「我……」

朱家心給了林睿一個理解而溫柔的笑，眼眶濕潤。

徐熙貝的手輕撫在朱家心背後，安慰著。

一時之間悲屈、恥辱、愧疚、驚訝、抗拒五味雜陳交揉著。

什麼時候徐熙貝和母親見過面了？林睿看向徐熙貝像質問般，徐熙貝只得低頭避開眼神。

唉，其實他又怎麼忍心怪她，他知道徐熙貝都是為了自己。只是才剛經歷那樣慘不忍睹的比賽，居然就要被迫面對母親。

逃不開了，對吧？也就只能坦然面對這一切。

母子倆一起散步走到會場外的一處草坪的石椅坐下。

兩人沉默了半响，彼此的腦海裡這十多年的往事都像幻燈片般一幕幕快速流轉著……

此時此刻愈發清晰了起來。

很多細細瑣瑣的片段慢慢浮現，才發現很多時候都是故意選擇視而不見，以為不去碰觸，就能夠隨著時間淡忘，然後便以為這樣是最好的答案。

甚至是那些記憶，也並非真實，說什麼母親如同颶風般強硬地將桌球的東西拋下，帶著他遠離熟悉的一切。

那也不過是林睿自己從記憶裡的碎片拼湊出的，一廂情願扭曲過後的理解。

還有很多林睿不知道的事，都被朱家心藏匿到了最深最深的地方，多年來獨自承受那些不為人知的悲痛。

十年前，兵荒馬亂那一天。

林睿看見了母親在醫院裡驚天動地的哭喊，甚至幾度昏厥要親友攙扶，那些記者媒體還有親友，瞬間大陣仗的湧進他們的生活，他們無處可逃，更幾乎沒有一點點可以獨自悲傷的空隙。

而朱家心被迫堅強面對，甚至還得安慰林海的球迷，她就像被人們推著走般，抽離了自我的情緒，扮演著林海妻子的角色。

直到後事處理完畢，彷若塵埃落定，那些過度關切的人們驟然消散。

那戲劇化般、不真實的日子終於落幕。

朱家心帶著小小的林睿相偕回家，面對空蕩蕩的房子，回歸到平靜的日常生活，然而那日常卻從此少了一個人，朱家心再也禁不住那內心巨大的荒涼與悲傷，這些日子裡壓抑的情緒爆發，她跪坐在那一面滿滿都是剪報與獎盃的牆痛哭著。

那樣的哀號、撕心裂肺的痛楚傳到了還年幼的林睿心裡。

曾經，爸爸、媽媽各佔據了他世界的一半，父親離去以後，好多人都說他是男孩子要堅強要守護媽媽，於是他這段日子努力懂事，想好好守護僅存的媽媽，如今卻看著母親在眼前崩塌了。

他腦袋突然一片空白，林睿走過去將那些獎盃橫掃在地面，發了瘋似地，他突然好恨，恨這些東西毀了他的家，帶走了他的爸爸，現在連母親也陷入巨大的悲傷無法抑止。

「小睿！小睿！」朱家心從悲泣當中驚醒，才發現自己不能僅僅困在自己的傷痛之中，她趕緊擦乾眼淚拉住陷入瘋狂的林睿，用力地抱住他痛哭著。她必須好好守護著她的兒子。

林睿被抱住後卻一動也不動，僵住了，眼裡盡是淡漠。

劇烈的悲傷讓他從現實中徹底脫離，進入一種自我保護狀態。

朱家心嚇壞了，決定擦乾眼淚，要好好為了林睿撐起自己。

誰知，林睿卻沒有好起來，他像是忘了上發條的娃娃，毫無靈魂般地常常盯著一處，偶爾開口問起：「爸爸呢？」

每當朱家心靠近那面充滿著桌球回憶的牆，林睿就突然發了瘋似地嘶吼，然後再度將牆上的東西掃落，肆虐一場後卻又像被拔了電源般虛脫在原地。接著，又一點也不記得似地。

她不知道該怎麼辦，只好開始求助醫生。

創傷症候群，那是她詢問到最能解釋這一切的答案了。

但，又能如何呢？

心因性的疾病，常常都是無藥可治，她只知道問題的一切或許都來自桌球。

她常常在夜裡聽見林睿嗚噎著說著夢話，哭喊著爸爸。

於是，她只好偷偷地、珍惜地擦拭著那些獎盃與照片，然後痛心地將所有與桌球有關的東西都收了起來。

或許，不去觸碰傷口，就不會痛了。

或許，只要當作沒看見，就可以當作從來也沒有發生過。

後來她發現林睿沒有再發作了。

她為了保護林睿，決定遠走高飛，避開桌球，離開熟悉的親友，讓一切可以重新開始。

直到後來，朱家心幫林睿打掃房間時，發現他藏在衣櫃底下的桌球拍，她千頭萬緒不知如何是好？

該不該問？但卻又不知道該怎麼開口，都那麼久了，相敬如賓的母子，多年不去碰觸的傷口，始終找不到一個適當的時機與方式。

而她也發現林睿總是刻意隱藏關於桌球的一切，於是她也裝作不知道，為了給他那麼一點點自由的空間，恰好林睿也邁入青春期，她故意藉口說他長大了，以後自己的衣物跟房間都自己負責。

偶爾她路過市場想順路去探探，幾次，意外發現了他們正在打球，但很快卻看見林睿那個痛苦而無法出手的樣子。

她提心吊膽默默觀察著，卻也沒看林睿像從前發作，她不知道怎麼回事，卻也沒有勇氣去觸及，她一點也沒有把握自己是否還能承受林睿再一次的發狂……。或許林睿終有一天就會自然而然慢慢痊癒吧？她總這樣安慰自己。

朱家心一直以為自己很堅強，然而卻不是，她也不過只是被命運逼著，不撐著就不知道該怎麼活。

直到徐熙貝來找她，她才恍然林睿的記憶竟然完全錯置成是自己阻擾了他，使得他放棄了熱愛的桌球。

怎麼會是這個樣子的呢？

她反覆回想，到底是哪個環節出錯了？

細細回想才恍然只有每次自己觸碰桌球而觸景傷情哭泣時，林睿才會發作。

怎麼他是為了保護我不受到傷害嗎？他不願我悲傷嗎？

錯置就錯置吧！錯怪就錯下去吧！我們何嘗不是都為了彼此著想？

「如果不是小貝，我真不知道你受了這麼多苦。」幾度朱家心都欲語還休，她緊緊握著自己的手放在大腿上，用力地將指甲都深深地刺進了掌心，她已經做好承擔一切的心理準備。

「那個時候啊，我還太年輕了，我以為這樣子可以把傷害降到最低。都是媽媽對不起你……那個時候你什麼都不記得了……」朱家心突然打住，強壓下情緒。

林睿坐在朱家心身旁又恢復成那個拘謹乖巧的模樣，內心的波濤卻不斷。

「那時候你爸突然走了，我看著你沉默不語，問你什麼都不說，我很擔心你，沒多久我發現你好像都不記得了。我想，應該是太過劇烈的傷痛，讓你選擇了忘記。」朱家心決定把真相都埋在自己心底，僅僅說出林睿自己也知道的部分。

「那幾天，我確實一點印象都沒有了……。」林睿刻意淡淡地說，卻壓抑著想哭的念頭，愁緒排山倒海而來，他不禁有些顫抖，風雨欲來。

朱家心點點頭，耳邊飄過幾絲白髮，眼尾跟嘴邊都留下的歲月的痕跡。

「那時，我很擔心，我想既然什麼你都不記得了，不如所有的悲傷就都讓我來承受就好。」

林睿默默不語，頭低低的盯著自己的手，還有母親的，他感到心痛。

他恍然想起那個在夜裡暗自低吟哭泣的母親，是那樣地孤單寂寞。

他隱隱約約想起了母親最後一次擁抱他，想起母親傷心欲絕的臉哭喊著他的名字。

「對不起，媽媽很自私，我一直想只要時間久了……」朱家心說到一半，林睿突然打斷……

「爸爸倒下時的那張臉……一直出現在我的夢裡。」林睿差點哭了出來，整個人非常非常的用力，發抖著。

朱家心忍不住哭出了一聲，卻隨即收起，斗大的淚水不禁潸然落下，自己的心酸悲楚，累加上對兒子的心疼，無法抑制，她臉都糾結在了一起。

她必須為了兒子堅強。

「然後……接下來就只記得我們搬離原本的家。我記得，很多很多，我們開心的打桌球的事情。我很想回到過去。」林睿也不停地落淚。

母子倆陷入一陣沉默，彼此都壓抑著情緒。

朱家心仰望著天空，再怎麼思念也都回不去了不是嘛！日子總是向前的，她思思念念的丈夫，她總想……將來有天，或許還能在天堂裡相遇？

「嗯，如果記得大部分的都是好的，那就好。」朱家心淡淡地說了一句。

林睿向母親的手望去，那樣粗糙厚實又長繭的雙手，為了扶養他而辛苦煮東西賣便當，洗菜洗碗而長期泡在水裡的手，血管凸而浮腫於手背上，如谿谷交錯。

「不，我記得爸爸離開，我記得你多麼辛苦一個人把我帶大，我記得我是這麼懦弱，這麼不勇敢，連在你面前想念爸的勇氣都沒有……。」林睿頓了頓，潰堤……

「我甚至連好好跟你聊天我都不敢。」

林睿忍不住痛哭著……

朱家心心疼著，想將手伸過去拍拍林睿的肩膀，微微遲疑，最後選擇用力擁抱住了林睿。

「媽……對不起。」林睿痛哭逐漸轉而變成一種無聲的抽泣。

「小睿啊，當時你還很小，連媽媽自己都不知道該怎麼辦了，生離死別，本來就是一件很難面對的事情。」

「媽，對不起，你明明那時也很難過，卻還要擔心我。」

「不，是我對不起，我都聽小貝說了，你不也是擔心我嗎？都是我的不勇敢，剝奪了你抒發自己真實情感，你一直在忍耐吼，很辛苦吼，以後不要忍耐了。」

「媽……。」

兩個人彼此道歉，也都互相發現雙方都一直在替對方著想。那些多年深埋在心裡的傷痛隨著痛哭，慢慢的宣洩了出來。

許久，朱家心開口。

「可以做自己喜歡做的事情，是多麼難能可貴又幸福的事，放心去做吧！」

「嗯。」林睿擦了擦眼淚，朱家心欣慰地笑了。

一陣徐風拂來，恰好吹走了兩人的眼淚。說開的兩人都感到內心鬱結好久始終散不去的悲傷化開來了，如蒲公英般地飛走了。

「真多虧了你的女朋友，她真是個好女孩。」

朱家心收拾好情緒回頭望去，徐熙貝在不遠處自己窩著看著書。

林睿聽母親朱家心講述，才知道原來徐熙貝早在幾個禮拜前就偷偷跑去林睿家的便當店，不僅表明自己是林睿的女朋友，然後一五一十的把事情的經過說給朱家心聽。

林睿聽了簡直瞠目結舌，這也太大膽也太直接了吧？

這樣一來媽媽不是就知道自己一直忙到早出晚歸，瞞著母親其實都是為了桌球？喔不，追女朋友？

而且，有沒有考慮過林睿其實還不想這麼快讓女朋友見家長啊！

然後，徐熙貝特地邀請朱家心來看比賽。

直到看了比賽，朱家心才明白自己對兒子的影響這麼大。整個比賽過程她都非常非常的心疼與自責。如果她早一點明白真正的原因，如果早一點願意去細細回想事情發生的經過，是不是彼此就不用受這種苦了？

那兩場比賽，她看得提心吊膽，一次次的失誤都讓她幾乎落淚。

她一直以為只有自己在隱忍，自己默默地承受悲傷，擋下所有的一切。

然而這一切原來都成了他的心魔，發狂是為了保護自己，無法施展不敢打球也是為了自己。林睿的內心深處自始至終都想保護母親。

而她身為母親，又還怎麼能不勇敢？

此時此刻她實在感謝徐熙貝，太感激太感激了。是徐熙貝重新建立起兩個人的聯繫，將這麼長久多年來隱晦不提的防護網戳破。是徐熙貝讓她看清自己，把事情藏起來並不能真正解決問題，反而讓兩個人都受到傷害。

「是啊，她真的是很棒的女生。」林睿說，釋懷的笑了。

然後她們三人一起攜手回家，朱家心決定迎來便當店好久不曾有過的公休。一到家馬上就熱情地說要煮好料一起慶祝。

在席間，林睿說他回到桌球隊訓練那天夢見父親的事。朱家心聽了再度熱淚盈眶，卻又覺得很不好意思，在兩個晚輩面前這樣一直善感，只好故意說自己被香料嗆到了。

徐熙貝卻馬上轉了一個話題。

「阿姨，我可以好奇問你跟林海的爸爸怎麼認識交往結婚的嗎？呵。」徐熙貝又一個天真的笑容。

朱家心拭去眼角的淚，開始講述她們的戀愛故事。

她說她們國手經常一起出國比賽，一起訓練，所以很容易遇到，有一次她訓練過度手有點拉傷了，休息了好一陣子之後回來打球，很擔心自己的手感不行，所以一直加倍練習，但也一點長進都沒有。

「有一天你爸就走過來告訴我：要去享受它，要用心地享受它，用心去打球。他說啊，當你用心去享受它的時候，你會發現一切都不一樣了。」

「那時，我想了好久。才知道自己之前雖然加倍練習，但心情是在追趕，我沒有享受那個過程，也只是像個機械般，不停地在練習。我終於明白他真正的意思，然後就重新找回了打球的快樂，很感謝他點醒了我。那之後我們就很常交流，然後就在一起了。」

朱家心溫柔地看著林睿。

「所以你剛剛說夢到父親的事情，也讓我想起我們最初的相遇。」

是啊，去享受它，要用心去享受它。

這句話迴盪在林睿的腦海裡。

所有的一切都像是環環相扣一樣，他感覺都像是父親還在自己身邊守護著自己。

從那之後，林睿就開始有了長足的進步。

那些一時的挫折、阻饒，都變得別具意義了起來。

而朱家心更是把徐熙貝認定像是自己女兒般疼惜著。有的時候還會故意調侃林睿當初都是一到便當店都先把好料都夾走，然後送便當給她吃呢。

「不是說是剩菜便當嗎？」徐熙貝就會故意睜著大眼、滿臉笑意問林睿。

「你把我的菜說成剩菜打死你喔！」朱家心也總是會假裝生氣。

「沒啦！還不是怕她覺得太豪華會不好意思吃嘛！」

三個人經常聚在一起說說笑笑，更多的時候還會邀上阿芬姐跟阿塗伯一起，大家和樂融融的，像個大家庭。

林睿終於覺得自己又再度擁有了歡樂的家。

他仍然時常看著天空某處，對著已然過世的父親說話。

「爸，謝謝你，我現在感到很幸福。」

第八章 畢業那年匆匆

每每想起校園的生活都不免感覺時光太過飛逝，以致每一段都像是片狀的。

瀟灑陽光的胡一聰沒多久就畢業。

歡送會那天，大家忍不住哭成一團，畢竟是這麼帥氣又如陽光溫暖，近乎沒有缺點的胡一聰。

道別時，林睿忍不住追上胡一聰。

「欸，學長。」

「怎麼了？」胡一聰回過頭。

「上次你說你家人很反對你打桌球……」林睿拿捏著該怎麼問比較妥切。

「對啊！怎麼了？」胡一聰聽到林睿問，又是那副興味繚繞的模樣。

「也沒什麼，我很好奇學長你還會繼續打桌球嗎？」

「打啊！為什麼不打？」胡一聰突然整個人轉向林睿，彷若這問題再簡單不過，根本不需要糾結。

「老實說，我爸說，要是之後我選擇打桌球做為職業，那就搬出去自立自強。我想想也沒錯，想做自己喜歡做的事，也總得證明自己是可以不依靠任何人，對吧？」

胡一聰拍了拍林睿的肩膀。

「有時候沒有退路，你才能真正走出自己的道路。」胡一聰又是那陽光的笑容，林睿有些愣住。

「之後再回來找你們打球。」

瀟灑而擁有強大心靈的胡一聰就這樣從他們的生活中消失，剛開始每個人都不習慣，好像一股安定的力量也跟著飄散，無精打采了好一陣子。

猴子理所當然成了隊長，試著鼓舞隊員們，也繼續跟胖達吵吵鬧鬧，追求著同一個女孩。

林睿則成了風雲人物，拿了幾次冠軍。

桌球隊依舊風風火火。

後來，他們也聽說胡一聰進了職業球隊，開始嶄露頭角被媒體報導，好像沒什麼能阻擋他完成夢想般，一如往常的優秀。

他們常重複觀看胡一聰的比賽，做為一種精神指標的追尋崇拜。

徐熙貝和林睿則仍是人人稱羨、甜膩得不可思議的一對。

畢業後，卻無可奈何的分隔兩地。

徐熙貝回到了台南陪伴家人、也為之後的求職作準備，而林睿等待著兵單，天天在便當店裡幫忙。

脫離了共同的場域，畢業後起始點也有了差異，兩人走向了分歧的道路，一點一滴隨著距離被拉開了。

「有時候，我真的有點羨慕晴晴，她有那個勇氣決定去英國讀研究所。每次光是想到去陌生的國家，要講陌生的語言我就感到害怕。」這天，徐熙貝因為找工作找了兩三個禮拜卻都沒有下落，而感到灰心。

「那妳可以讀台灣的研究所就好啊？」林睿回應得輕鬆，讓徐熙貝覺得深感不快，總覺得他不懂。

「我爸媽說女生讀這麼高，會沒有人敢娶啦！」

「那都隨便說的啦！」

徐熙貝原本期待林睿會很直接說出「誰說的，我就會娶啊！」但林睿卻只是反駁了那個論點，卻不是給她一個承諾。

好不容易通了個電話，卻讓自己更不開心了。

原本勇往直前的徐熙貝，漸漸失去了自己身上原有的光彩。，這些求職的無人問津，讓她對自己的信心蕩然無存。

「我投了好多家公司了，竟然一個面試都沒有。」每三天兩頭林睿總會聽見徐熙貝說出這樣的話，但也不過兩三個禮拜而已。

「妳太心急了啦！慢慢找總會有好工作的。」

「問題是我連行政都找了，竟然也沒有回音，我開始有點後悔大學的時候是不是應該多花一點時間去打工，而不是打桌球。」徐熙貝忍不住抱怨了起來。

「桌球不是妳喜歡的事嗎？」林睿說。

徐熙貝語塞，其實她也不過希望他安慰她一點什麼，哄哄她。

只是不知道為什麼，林睿說出來的話都反而讓她覺得一切都是自己的問題。

她感到他的不耐煩，覺得他無法體會自己。

而林睿卻只覺得徐熙貝太鑽牛角尖，連已經無法改變的事情都拿來講。

說那些有什麼用呢？

他試圖安慰徐熙貝，卻感覺到她更焦躁不安了起來。

兩個人在電話裡沉默，彼此卻都知道這一次的沉默不如以往的冷戰。

接著好幾天，兩人都像只是因為養成習慣的制約般，固定晚上通話噓寒問暖，非常流水帳的告訴對方一日的生活作息。

兩人都感覺到對方的偏離，卻都又努力維持在戀人的軌道上。

直到徐熙貝開始有幾次北上面試的機會。

兩人相約在台北碰面，林睿總是會特地等在徐熙貝面試公司附近的便利商店，抓準了時間到徐熙貝面試的公司門口，在最快的時間相會。

「你就等在門口？」徐熙貝正一身疲累地走出來，看見林睿熟悉的面孔，一陣欣喜。

「對啊！想早點見到妳嘛！」林睿忍不住就伸手去牽徐熙貝。

兩個人甜蜜的走在一起。

每次徐熙貝經歷完一場心驚膽顫的面試後，看見林睿總能感到安心。

那些陌生又必須武裝自己的場合，總是要打起二十萬分精神，又積極又充滿活力，總讓她感到瞬間榨乾的疲憊。

還好，還有林睿。她常這樣想。

有的時候面試完感到沮喪，有種徬徨無助想落淚的衝動，都在他的笑容與擁抱下化解了。

後來每次面試完之後，他們就乾脆來一場台北小旅行。到處開心地玩耍。

感情在每次相聚的時刻又再度回溫，甚至是更加得火熱。

因為相見不易，所以都顯得格外珍惜。

終於，徐熙貝在台北應徵到了一份工作。

到職前兩周，在台北租好一間小小的套房，準備迎接自己的新人生。

徐熙貝跟林睿都決定要好好把握這一段最後的假期。

林睿打算在當兵前搬來一周，和徐熙貝過著甜蜜的同居生活。

好久不曾像之前一樣可以天天膩在一起。

徐熙貝也因為確定找到工作了，日前的陰鬱一掃而空，兩人都顯得十分開心，好像回到之前大學時光的燦爛與美好，看著對方就能開心地笑了出來。

兩個人一起買點生活用品，一起佈置房間，一起刷牙說早安，共度美好的家居生活，假想著美好的未來，每一天都因為能夠有對方的存在而感到快樂。

小夫妻似地。

他們窩在小小的套房吃飯，擠在一起也覺得相當溫馨。

他們忍不住細訴以前剛認識的時候。

「記不記得妳剛上大學時，說每天吃同一家店的事。」林睿抬頭看著徐熙貝。

「記得啊！」徐熙貝有點不好意思傻笑著。

「現在我在，我們每一天都換一家店吃吃看？這樣等剩下妳一個人的時候，就不會只有一間店可去。」林睿溫柔的提議。

「好啊！你對我真好。那你要連我公司附近的也帶我去一遍嗎？」徐熙貝甜甜地笑了。

林睿揚起深深的笑容。

「好啊！那我們一天要吃好多餐了。哈哈。等你到職面試官會嚇到吧！想說是不是來錯人了。變成小胖妹了。」他調侃的說著。

徐熙貝笑著推了林睿一下。

「妳害怕嗎？」林睿忍不住問。

「不怕，畢竟是我一直嚮往的獨立。」徐熙貝淺淺的笑了，有點遲疑著卻搖了搖頭。

「那你害怕嗎？」徐熙貝也反問。

「什麼？」

「當兵啊。」

「還不知道，但……會很想妳。」林睿深情地說完，徐熙貝覺得一陣感動。

「真希望你不用當兵，可以一直陪在我身邊。」徐熙貝挽住了林睿的手。

「我也希望。」

接著，兩人深深擁抱在一起。

這一周沒有任何世俗的煩惱，有的只有把握相聚時光的決心，每天都像熱戀一樣黏膩。

只是時間總是匆匆地過去，很快地他們就在車站告別了彼此，獨自迎向自己的人生。

林睿開始新訓，而徐熙貝踏入職場工作。

每一件事情都是嶄新的，電話裡總有想說卻說不完的話，但能通話的時間卻是逐漸變得稀少。

林睿才明白，原來要努力和一個人維繫關係，竟然會是這麼吃力。

每日限定的時間，大排長龍的人群，短短的分鐘數，日復一日從雀躍期待逐漸感到疲累。

但他們卻始終努力，非常努力地不想失去彼此。

然而再契合的兩個人，始終是兩個截然不同的個體，尤其又身處在不同的環境，各自經歷人生的變動。

徐熙貝開始在職場上拚搏，一向勇往直前不停奔忙的她，非常積極的面對工作上每一項事務，戰戰兢兢、如履薄冰，每一天都是腦汁攪盡跟時間賽跑般。

而林睿則是在一個封閉而獨立的環境，每日大量的做體能訓練，這時候，他就非常慶幸自己大學是桌球隊的，比起許多人，他的狀態已經算好得太多了。

新訓剛開始，因為新鮮都樂於傾聽對方的話。

但久了總免不了要不停詢問上次提到的誰是哪一件事情裡的誰，反覆確認內容裡的相關人物，畢竟都毫不認識，都只能透過彼此講述。最後就也漸漸懶得說細節了，都化成了一句：我很想念你。

一次徐熙貝在工作上遭到上司責怪，將她罵了一頓，說她做事情不積極，這樣下去一輩子就只能當個助理。

她委屈地躲到廁所靜靜落淚，想打電話傳訊息給林睿，卻發現根本無法即時傳遞。

終於到了晚上的時間，林睿那頭傳來爽朗的聲音，開始說起今天的訓練。

徐熙貝卻無精打采的。

「我很想你。」徐熙貝說。

「我也是。」林睿回應。

「我想聽你說完整的一句。」

「這裡很多人。」

徐熙貝沉默……。

林睿看著電話卡的電話餘額驟減，有種被催促的感覺。

「好啦，我想妳。」小小聲地。

「那你還有沒有話對我說？」電話那頭徐熙貝的聲音傳來，林睿當然知道徐熙貝想聽到的是我愛你，但他偏偏不願意是這樣子被逼著說出口。

尤其是，後面還有一堆虎視眈眈也排著等用電話的人。

「說什麼？」他裝傻。

「你知道的啊？」

徐熙貝不知道自己曾幾何時也變成了這樣俗不可耐的女子，那些電視節目上的女生的對話，如實的從自己的嘴裡說了出來。

沒安全感嗎？她不確定，或許在這種微薄的聯繫裡，她只想藉著這樣來證明彼此的愛還存在，他對她的愛始終在。然後或許緊抓著這些話語，就能撫慰每天力爭上游的辛酸。

林睿有些不高興，徐熙貝也是。

林睿不只是一次說過他不太擅長表達，愛不愛、喜不喜歡一個人，在彼此相處時不是可以感受到的嗎？不愛的話又何必這麼辛苦每天排隊只為了打這麼短暫的電話？

她知道他不肯說了。

「好吧那就這樣，再見。」徐熙貝掛掉了電話。

話筒裡猝不及防出現了嘟嘟嘟嘟的聲響。

林睿一陣錯愕。

林睿懷抱著歉意對後方的人看了下。

「不好意思，再讓我打一通。」

然而，卻沒有人接。

第一次，那是第一次徐熙貝再也不願忍耐，不願將自己的脾氣壓下來。

她明明知道林睿在軍中是不得已，卻還是感到委屈。

連續三天，徐熙貝都沒有接電話，林睿著急的想衝出軍營去問問到底怎麼回事，為什麼會這麼任性？只是無法在大家面前說出我愛你有這麼嚴重嗎？

三天的時間把林睿那焦急如焚而又莫名憤怒的心情消淡了不少，從想質問她為什麼這麼生氣，變成了只要她願意接電話就好。

等到徐熙貝終於接起電話。

「我明天要跟我主管出差去南部拜訪廠商，四天左右的行程，晚上不一定有空接電話。」

「為什麼？」

「因為有可能廠商一起吃晚餐聊公事啊！」

「一下下也不行？」

「林睿，其實我覺得少講電話或許也比較好，講電話常常都容易不開心。你也累。等你放假回來再見面就好。」

林睿覺得錯愕，但他有權利說不要嗎？接不接電話都是徐熙貝說了算，就像這三天說不接就不接，他拿她一點辦法也沒有。

「嗯。如果妳真的希望這樣，就照妳說的吧。」林睿淡淡地說，他覺得好累。

「嗯，謝謝。」徐熙貝口是心非，如果這個時候林睿願意多說點什麼，多表現一點點的在乎就好。

為什麼他就這麼吝嗇呢？

徐熙貝草草掛掉電話後，又痛哭了一場。

她決定將心思都好好放在工作上，這樣就不會患得患失，她想起自己看過好多兵變的故事，她不想成為那些故事裡的主角。

只要撐過這一段時間就會好的吧？

就在最低潮時，徐熙貝看到新聞播出胡一聽準備打進國手選拔賽，想起桌球曾經帶給自己的力量，決定前往觀看比賽。

胡一聽看到徐熙貝的到來喜出望外，就跟徐熙貝約比賽結束一起吃飯。

「妳和林睿都還好嗎？」胡一聽一眼就看出徐熙貝的心情似的，在餐廳裡劈頭就問。

徐熙貝微微愣住，抬頭看見胡一聽溫柔探詢的眼神，差點就哭出來。

「嗯，還可以。」徐熙貝趕緊喝了一口飲料。

胡一聽卻凝望著徐熙貝半响。

「妳知道，愛一個人若不能讓自己變得更好，那就不是健康的關係。」

「我想我們只是還不適應彼此的改變。」徐熙貝低著頭。

胡一聽點點頭，看著徐熙貝陰鬱仍放心不下。

「啊，真高興妳來看我打球，我看桌球隊也只有妳記得我了吧！我人緣好差啊！」胡一聽故意轉移話題，還故意裝委屈似的。

「哪有？學長你這麼紅，大家都記得你好不好，我們都還一直有看學長你的比賽一直到畢業，我想應該只是地緣的關係。學長你真的很強耶！沒想到你那麼快就到職業球隊，現在竟然還成為國手……。」徐熙貝個性單純，渾然不覺胡一聽是為了轉移她的心情，才特地這樣說。

徐熙貝開始喋喋不休大家有多麼崇拜著胡一聽。

而胡一聽看到徐熙貝活力充沛地訴說，手托著臉面露笑意看著徐熙貝。

他就喜歡她這樣。

他們說好保持聯絡。但他們卻也都明白，一但出了社會，要跟另外一個完全不同場域的人保持聯絡，都是需要刻意努力的事。

如同她和林睿。

等林睿下部隊之後，終於自由了一點，至少不用大排長龍的講電話。每次林睿放假，就會到台北跟徐熙貝短暫相聚。

兩人的關係陷入一種詭譎的狀態，約會的時候總顯得過分熱情，一點小事都無限放大似地去笑、去鼓舞，飛蛾撲火般。

第九章 愛情的盡頭

終於，捱完了當兵。

林睿說他也想到台北找點兒傳播相關的工作，跟徐熙貝待在相同的產業。

「這樣我就可以陪在妳身邊了，也能接近妳一些。」林睿以為徐熙貝聽了會很高興，畢竟她之前一直都希望自己陪在身邊。

「桌球呢？」徐熙貝反問。

林睿有些錯愕。

「除非當上國手，不然很難生存吧？況且我都幾歲了？」林睿說。

「不是有職業球隊找你談嗎？不試試嗎？」

「我覺得這很難。」

「我不懂。學長他不就辦到了嗎？」徐熙貝忍不住脫口而出。

「又是胡一聰？」林睿莫名的醋意升起。

「我只是想表達你在大學的時候明明也……」

「我想陪在妳身邊不好嗎？」林睿不耐，忍不住打斷了徐熙貝。

徐熙貝不懂，這麼有才華的林睿為什麼要捨棄自己最熱衷的事物。

她一直羨慕林睿。

他擁有自己一直想要，卻無法擁有的才能。

林睿到了台北找工作，先暫住在徐熙貝租的房子裡。

他以為會如同那一周，甜蜜的就像新婚小夫妻一樣快樂，他白天瀏覽著職缺，整理履歷作品投遞。

星期五晚上抓準了徐熙貝下班的時間，前往徐熙貝的公司，想給她一個驚喜，他等在門口，一等就等了一個小時。

他在寒風中站了一個小時，終於看見她走了出來，和另外一名同事說說笑笑的。徐熙貝看到林睿顯然有點驚訝，匆匆地跟同事說了幾句話，告別之後小跑步到林睿的身邊。

「你怎麼來了？」

林睿發現徐熙貝不像之前面試結束，看見他就露出那樣欣喜而放鬆的笑容。

「我來接妳是不是讓妳困擾了？」

「我只是覺得有點突然……不好意思讓同事看見有人來接我。」徐熙貝白皙的臉刷過紅暈。林睿笑了，一如最初的徐熙貝羞澀，掃去了那一小時的冷冽寒風。

他騎著摩托車載著徐熙貝到士林夜市晚餐，想慰勞她一周的辛苦，然後開心地提議一起去陽明山看夜景再回家。

徐熙貝看著林睿興致高昂，勉強地答應，然而林睿渾然未覺徐熙貝早已疲憊。

以往，因為林睿當兵，久久來住一次，她總會因為好不容易的相聚，把事情排開，準時下班然後打起精神和林睿到處去玩。但在林睿離開以後，都有排山倒海而來的倦意襲來。

她不忍開口拒絕。

他是那麼的快樂，那麼的想要為她做一點事。

一兩個月過去了，林睿始終沒有找到工作，偶爾徐熙貝會問幾句。

「不急嘛！之後開始工作就會後悔當初怎麼不好好趁這時候休息了，工作一但開始就是幾十年。」

徐熙貝開始有些厭煩，天天在公司拚搏，回家卻看見一個閒適的人，看著電視開心歡笑。不自覺，她內心開始常常湧現怨懟，感到兩人間的分歧越來越大。

無力感將她淹沒，她開始習慣加班晚歸來逃避。

「今天我們公司聚餐，會晚點回來。」徐熙貝打給林睿報備。

徐熙貝剛完成一個大案子，顯得相當愉快，她們一起吃烤肉喝酒，聊到忘我。直到九點，又開始喊著要續攤唱歌，一夥人浩浩蕩蕩地走在忠孝東路街頭。

徐熙貝覺得此時此刻擁有了另外一種自由。

現在的她，再也不是初出茅廬的小助理，而是獨當一面的企劃。主管對她另眼相看，也開始重用她。

他後來常誇徐熙貝，說她韌性強，可以承受高壓，才經常故意激她，而她也不負所望，一次次交出了漂亮的企劃案。

她開始察覺主管的眼神帶著一點情感。

如當初胡一聰那樣和煦又溫柔寵溺的看著自己。

徐熙貝被拱著和主管合唱情歌，散場時兩人都感到一種似有若無的情愫在滋長。她的主管其實也不過年屆二十八，青年才俊，沉穩上進，滿滿的都是對這個世界的見解，她常常從他口中聽見無法觸及的世界，更人一點的野心、夢想、格局。

她欽慕他，也嚮往著他，一如當初對胡一聽的那種崇拜。

這天的晚歸，理所當然地被他送了回家。

在下車前的依依不捨，主管的深情叮囑關心，徐熙貝羞澀的謝謝。

下車關門後，揮手道別，雀躍的像個初戀的女孩。

徐熙貝剛到家，林睿也才緊接著回來。

「他是誰？」林睿劈頭就問。

徐熙貝有些驚訝，卻馬上感到厭煩。

「是我主管。」

「妳之前說一起到南部出差的也是他？」

「對啊！」淡淡地。

「整整四天的時間，妳們朝夕相處？」

「林睿，我現在好累，有什麼明天再說好不好？」徐熙貝拿了洗澡的衣服想梳洗一番，即使是公司聚餐，即使是歡樂的唱歌，和公司的人相處都免不了戴上一層面具。

「我不管，妳解釋清楚，我都看見了。」雖然徐熙貝很早就要林睿不用等自己，但他不願自己一個人先睡，外出吃宵夜回來，恰好就看見徐熙貝和一個陌生男子在車上依依不捨的模樣。

「你看見什麼了？」

「我看見他看妳的眼神，分明是喜歡妳。」

是嗎？那又怎樣呢？徐熙貝不由得在心裡反問了一下，卻默然不語。

「這就是妳每天晚回來的原因嗎？」林睿咄咄逼人的語氣，讓徐熙貝不由得產生反感。

「你不問我每天加班多辛苦多累，卻在懷疑我？」

「既然這麼累，那妳辭職啊！」林睿講得理所當然。

徐熙貝瞪大眼睛看著林睿，不可置信。

「你怎麼可以講得這麼輕鬆，你知道這是我花多久時間才找到的工作，然後又花了多大的努力才好不容易開始可以獨當一面，這些你也都很清楚不是嗎？你要我辭職？那你拿什麼養我？我每個月還要寄錢回家，付房租，你現在都還沒找到工作，房租誰付？你嗎？你付得出來嗎？」

林睿愣住，一時語塞說不出話。

徐熙貝沒好氣地越過林睿身邊洗澡去了。

原來愛情不是只有風花雪月，更多的是要經得起柴米油鹽的考驗。

作。

兩人間巨大的鴻溝，難以跨越，林睿開始沉默寡言，一改之前閒適的模樣，開始拼命地找工作。

幾次面試失敗，他才想起當初徐熙貝剛畢業那時的不安與沮喪，還有她說過的話。他苦笑著，自己的人生歷程走得比徐熙貝慢上了一大截，他開始恍然她曾經的心慌。

很快地，他找了一個銷售的工作，想越快開始越好。

他必須證明自己，能成為徐熙貝的依靠。

但才去了沒一個星期，他就開始抱怨。

「根本都是騙人的，要我們這樣拚一周，結果一件都賣不出去，再這樣下去也是做白工，我不幹了。」

接著好幾個工作林睿都做不到一個月。

徐熙貝只是很努力地撐著，安慰著他。

希望這些挫敗，讓林睿可以重新檢視自己，然後找回自己，重新散發屬於他自己的光芒。

誰知，一轉眼，他開始跑去做房仲，因為業者標榜前幾個月領高薪，然後又兼做直銷。

他每天都裝扮得光鮮亮麗，穿著高貴的西裝出門。

林睿常常告訴徐熙貝自己有個案子快成了，就快要拿到獎金了，到時候再請她去吃大餐。

林睿為了拚業績，經常晚歸，喝得滿身酒氣。

有的時候一回來不醒人事，把整個房間弄得一團糟，有的時候就直接在浴室嘔吐昏睡，徐熙貝總要耗費許多力氣清理。

隔天，徐熙貝總是寡言。

林睿卻感到一種說不出來的落寞，她連生氣埋怨、關心慰問都沒有了，就只是默默地清理，盡責的照顧著他。淡淡地，就好像一切不過只是義務罷了。

他深感自己的沒用、頹喪，在徐熙貝面前再度失去了信心。

是啊，他有什麼資格要她辭職？

他已經連自己都討厭了，整天只會說大話，一直造成麻煩的傢伙。

沒有辦法好好成為她的依靠，還需要她的照顧。

最後兩人協議分開住，林睿搬離了小套房，開始真正的獨自在台北打拼，他想要努力，成為配得起徐熙貝的男人。

但林睿卻迷失了，他整天追名逐利，更加好高鶩遠，很快地貸款買了一輛車，假日帶著徐熙貝到處玩。

他以為這樣的轉變會讓徐熙貝開心，會讓她對自己刮目相看。

但徐熙貝只是悶悶不樂。

以前那個會願意一直對自己叨叨不休，談天說地的徐熙貝呢？

他不安，他自卑，他再度懷疑徐熙貝愛上了別人。

相處的時候，若徐熙貝有工作上的電話，他總顯得不耐，故意不識相的問上一句「等下要去哪？」「我聽說有間餐廳不錯。」或是哼歌哼得大聲，刻意想讓另一頭的人聽見自己的存在，想昭告天下，徐熙貝早已經名花有主。

徐熙貝覺得困擾的不只是這個，睡前通話時，林睿也總要問上許多細節。今天跟那些人談話？是男的女的？都要她鉅細靡遺地報告，好不容易可以放鬆休息卻還得面對這些。

終於，徐熙貝再也無法承受。

「林睿，我們分手吧！」徐熙貝鼓起勇氣說出口。

「為什麼？」

「我都為妳改變這麼多了。」林睿不解，他都這麼努力了。

「你是為了我嗎？」徐熙貝有些哭笑不得問。

「沒關係，妳靜一靜。過一段時間就沒事了，我們以前不是也都這樣走過來的嗎？」

「林睿，沒有用的。」

「怎麼會沒有用？」林睿顯得有些激動

「妳是不是不愛我了？」他追問。

徐熙貝深呼吸了一下，頓了一頓。

「以前，我一直希望你能常常說愛我。」她說。

「你想聽的話，我可以說啊！」又是這樣理所當然，好像只是一種條件交換下的不得不說。

「不是這樣的，一切都不一樣了，我不希望你變成現在這樣。」徐熙貝帶著深深的疲憊，她已經很厭煩需要不停地去解釋。

「我為了想多花一點時間陪在妳身邊，讓妳有安全感，所以待在台北，想要給妳好一點的生活，配得上妳，我努力的工作，拼命的工作，常常都跟那些面目可憎的人應酬，陪笑，妳現在跟我說分手？」

「我就是不希望你這個樣子，我不要你為了我失去原本的樣子。」

「妳還沒回答我，妳是不是不愛我了？」

「這根本不是重點。」

「當然是，妳愛我就會願意再努力看看。」林睿咄咄逼人。

「你覺得我還不夠努力嗎？」徐熙貝終於激動地、聲音嘶啞著吼了出來。

眼前的徐熙貝如此壓抑痛苦的模樣，林睿有些嚇到。

「妳說這個話對我公平嗎？妳有想過……。」徐熙貝說得聲嘶力竭，哭到不行。

林睿一時之間不知所措，徐熙貝隨即收拾了情緒，臉上出現一種哀莫大於心死的神情。

「算了。我不想說了。」

「既然都這樣了，妳為什麼不再繼續努力就好了？」林睿也知道自己回得很差勁，但此時此刻他毫無頭緒，不知道該怎麼挽留，陷入自己的迴圈走不出去。

「我累了，真的。」徐熙貝哭喊著。

徐熙貝覺得好荒謬，眼前這個人真的曾經是自己深愛的人嗎？

他怎麼會變得這麼難溝通？

她收起眼淚，臉上豎起冷冽。

「林睿……如果我說我不愛你了，會讓你願意死心，那……就當作我不愛你了吧！」

徐熙貝一字一句說的緩慢艱難，卻一字一句深深地釘進了林睿的心裡。

林睿心裡一陣刺痛。

「對不起。」徐熙貝轉身離開，徹底地結束了兩個人長達七年的愛情。

林睿不願意放棄，他站在原地不停地想。

他們之間，究竟是什麼時候開始演變成現在這樣的？

他必須把徐熙貝追回來。林睿開始拔腿跑了起來，如同以往那些日子裡，她不只一次跑出去追林睿，只為了幫他找回心目中最熱愛的桌球。

他跑到了公車站，看見徐熙貝正準備搭車。

「徐熙貝！」他大喊。

徐熙貝轉頭看了他一眼，清清冷冷的，然後踏上了公車。

「不要走。」他追了上去。

他跑了好久好久，喘息著，直到那輛公車消逝在路的盡頭。

是不是所有的失去都這麼無能為力？只能被動地接受？

幾天之後，林睿假裝沒事打電話給徐熙貝，在線上傳 line 給她，像從來沒發生過爭吵一樣，依舊用戀人的口吻，約她晚餐，約她假日約會。

他不願意面對現實。七年啊，人生有幾個七年？

他一直以為他們會攜手白頭，畢竟都一起走過這麼多人生重要的階段了，不是嗎？

是徐熙貝陪著他面對失去父親的傷痛、和母親重建關係，成為母子間溝通的橋樑，幫助他突破桌球的心魔。在那些動盪的生命歷程裡，他們那麼努力地維繫著彼此，小心翼翼地呵護這一段感情。

是他的自卑把這段愛情毀掉的，是他弄丟了徐熙貝。

她只是累了，並非不愛了。

對，她還是愛我的，林睿這樣想以後又打起精神來，每天早上晚上，就線上傳訊息打招呼，自顧自地說了今天發生的事情。

林睿努力維持自己的樂觀與正向，他想表現他很好。好到足以讓她重新相信自己。

「我會重新把妳追回來的。」一天，他傳了訊息過去。

已讀，卻不回。

過一陣子，他再繼續傳訊息過去，發現再也沒有讀取，而徐熙貝也再也不曾上線了。

她封鎖了他？

後來，林睿到她公司等她，到她家樓下站崗，像個瘋狂的追求者。
卻不知道為什麼怎麼等都等不到。
直到有一天，之前常和徐熙貝一起下班的同事看到林睿，匆匆地跑過來。
「你是徐熙貝之前的男朋友吧？」
林睿苦澀的笑了，顯得有些不好意思。
「徐熙貝她出國了，公司外派她去國外一年，你不要再癡癡的等了。」

他恍然她的消失原來其來有自，原來她的去向早已和自己無關。

「是嗎？那她去哪了？你可以幫我帶消息給她嗎？」
「我勸你死心吧，她已經有對象了。」同事說完後就走了。
林睿張著口，不知道還能說什麼。
他想起去年寒冷的夜裡，他也是站在這裡等待著徐熙貝下班。

那一夜，他們一起去夜市，看夜景。

才發現好久好久，他好像都不曾看過徐熙貝如大學時光那般燦爛的笑容。

才發現原來那些日子都是他一廂情願地以為，他們，仍然是幸福的。

§

分手後幾個月，林睿將自己爛在租屋處好一段時間，不去上班也不出門，生活變得索然無味更加令人厭惡。

他搞丟了徐熙貝，連她現在在哪座城市、和哪個人交往，甚至結婚了與否都不知道。自從沒有了她，台北變得怵目驚心，所有的地方都有與她攜手走過的痕跡。

剛開始，他選擇隱瞞一切、粉飾太平，假裝一切都好。

畢竟，林睿周遭所有的人都喜歡徐熙貝，相處起來甚至比他還要親密。

他不敢告訴讓母親知道，他失去了她。

徐熙貝沒有跟著回來，母親總顯得會有些失望。

「小貝呢？怎麼沒跟你一起回來？」

「我做了小貝喜歡吃的醃菜，可以放很久，你帶上去給她吃。」

阿塗伯跟阿芬姐也會整天嚷嚷著：「我的鐵粉小貝呢？」

所有的人都關心她，所有的人都以為他們絕對會走向幸福的結局。

但他卻搞砸了，林睿徹徹底底地失去了她。

在分手以後，租屋處的冰箱裡擺滿了給徐熙貝的食物，他一點一滴的收藏著，等待復合的時候給她吃。

得知徐熙貝離開這座城市以後，他才又一點一滴地吞下肚，彷若重慶森林的金城武，偏執地吃著鳳梨罐頭，等待一個渺茫的結果。

周遭的一切呈現腐敗的氣息，他卻毫無知覺。

直到阿塗伯傳來訊息，說母親朱家心跌倒摔傷了。他才提起精神匆匆趕了回去，然後便理所當然地重新開始在便當店工作。

問了幾次什麼時候回台北，他都隨便應付了一下。

後來他們彷若了然於心，形成了默契，從此也三緘其口再也不提徐熙貝。

林睿重新和母親相依為命，開始送便當，幫忙著，更多的時候，他坐在店裡發呆、一言不發，任時間靜靜地流過。

好像這幾年的快樂，從沒有存在過似地。

唯一改變的是他已經老去，再也不如當初是個稚嫩的純真少年。

而便當店也已經成了志文大學體育社團熱愛聚集的地方，最常來的就是桌球隊。那是他們建立起的傳統。

他常常看著那些青春的學生們，感覺自己逐漸地將時光走了回去。

如果能夠回到相識的那一年，他們的故事還會一樣嗎？

即使知道分手後需要承受撕心裂肺的痛楚，他還要朝著她走去嗎？

林睿常常想起那一天，那一輛如怪獸般的貨車，回想起來卻像是一隻巨大的手，將他們兩人牽引在一起。

綁著馬尾、肌膚白皙薄透著血絲的徐熙貝，如果時間能倒流多好？

這天，便當店走進一個異常熟悉的面孔。

那身影快速地朝著無精打采癱坐在一旁休息的林睿走去，拉了椅子就往他面前坐下。

「你果然在這裡。」林睿緩緩抬起頭看去，竟是多年不見的胡一聰。

「學長？」

「我真不明白你的人生到底想要荒廢多少次？你以為你還年輕嗎？還是你以為全天下就只有你會失戀？」胡一聰劈頭就是罵。

林睿感到重擊，這麼赤裸裸地昭告天下他的失戀。

這些日子裡他從來也沒真正面對，彷彿這個詞彙不說出口就不會成真。

林睿激動地從椅子上站起來，雙手緊握著拳頭。

「怎麼？又想說我不懂？」胡一聰充滿自信坦然地緊盯著林睿。

「你……。」

胡一聰隨之站了起來，林睿卻一股腦兒地往門口跑去。

「你逃得了我，逃得了大家，你逃得了你自己嗎？」胡一聰大喊。

一路上胡一聰的話迴盪在他心頭。

林睿恍恍惚惚地走到了志文大學，走過那些他和徐熙貝相處過的地方，從操場，到每一個她拉著他去探索的地方，最後回到傳院介紹那個教室，想起那天徐熙貝朝他走來打招呼……

「嗨！你也是傳院的？」

他痛哭失聲，像積累已久的傷痛終於得以悼念。

收拾心情後，他來到桌球社，聽見熟悉的乒乒乓乓，內心仍不由得隨之悸動。

他想起自己曾輝煌的青春，然而現在又再度沉潛。

若將乒乓比喻成愛情，現在與之對打的徐熙貝，早已消逝不見。

而他，還有機會再度發光發亮嗎？他看著自己因這幾年過度應酬臃腫的體態，感到灰心。

桌球隊的人們鼓譟了起來，林睿好奇地探了過去。

「如果你們變職業選手，我一定到場加油，還會拉布條喔！」一名綁著馬尾的女孩正雀躍地對著幾名男隊員們說。

忽然間，那女孩的身上浮出了徐熙貝的身影。大學時，她也曾說過類似的話。

「林睿，如果你成為國手，我一定會到現場為你加油的！」

這一剎那間，他彷彿看見一絲光亮。

只要他努力拚成了國手，是不是就能再次見到她？是不是就能將她追回來？

他重新開始練球，想補足荒廢的這幾年。每個晚上都到志文大學的操場練跑。

所有的回憶全都湧了上來。

他想起自己是怎麼陪著徐熙貝跑步的。

想起每一段青春時光裡的徐熙貝，他想像她就在自己身邊，林睿不停地奔跑著，認真的練習著，他覺得自己真的可以把一切逆轉回那最初、最初，有她的日子。

那樣兩小無猜，那樣單純無憂，天天相伴。

他的體能、反應跟速度逐漸拉回水準，他開始找阿塗伯跟阿芬姐練習。

從此之後，他發了狂似地的練習，就像世界就只剩下桌球般，沒日沒夜的做訓練，也開始參加一些業餘比賽，到處找人切磋。

就這樣過了兩年，在他即將參加縣市盃比賽之際，他收到了猴子跟晴晴的喜帖。

原來他們要結婚了？這幾年他又錯過了什麼？

晴晴什麼時候回來台灣的？什麼時候和猴子在一起了？

他一無所知，若是徐熙貝還在，一定會一五一十的告訴他吧！

這些年，看似受歡迎的他，其實也沒有什麼真正的朋友。全都是靠著徐熙貝在幫他維繫，沒有了她，林睿也從此封閉了自己。除了便當店跟桌球，哪也不去。

他將喜帖收了起來，現在的林睿還沒有自信能夠驕傲地站在徐熙貝面前，她曾說自己擁有她想要的天賦，他必須更努力達到她期望的高度。

他決定等到打進全國賽，參加國手選拔，然後這一次，換他勇敢地向她告白。

又一年過去了，這一路上過關斬將，他得到縣市盃冠軍，然後挺進全國賽，最後參加國手選拔。

這些日子媒體將他炒作成了天才，傳奇性的人物，家喻戶曉。他想，徐熙貝也一定看見了吧！

他再一次踏上球壇，都是為了她。

第十章 終曲

「一路比到國手選拔賽，有沒有最想感謝的人呢？」

一名女記者卻奮力擠到了前面，嬌小瘦弱的身影、綁著素淨的馬尾，白皙的皮膚底下看得出來纖細的微血管。

林睿原本想繼續維持一貫的官腔說出謝謝所有支持我的球迷，話卻在嘴邊停住……

霎那間，他以為看見了她。日日期盼再相見的她。

「我最想感謝的是之前的女朋友，是她改變了我的一生。」

林睿少見的說了自己的私事，現場的記者們鼓譟而激動地將他包圍著。

他是多麼渴望能再見她一面，明天，就是決賽了。

她記不記得曾經說過的話，到場為自己加油呢？

§

翌日，整個會場熱鬧非凡，觀眾人數眾多，今天的比賽幾乎就等同是能否進入奧運的關鍵。

他一如往常的提早到球場預備，做熱身運動。

他已經想好無論徐熙貝到場與否，在決賽後都要當著廣大的媒體說出自己的心聲，拚搏了這麼久，一切都只為了能夠再見她一面。

他甚至已經在心中默默想好了說詞，並反覆練習。

外頭突然浩浩蕩蕩地走來一群人，林睿忍不住看了過去，竟然是許久不見的莊晴晴、猴子、胖達、胡一聰。

林睿一陣欣喜，那些大學的熟面孔都來了，他不由得開始有了期盼。

「好樣的，真的讓你打進國手啦！所以我當初輸你也不丟人嘛！」猴子一樣沒變，總還是輕佻的愛嘴個幾句。

胖達則是拿出了資料給林睿，沉穩地幫他分析今天的對手，林睿邊聽邊點頭。

「謝謝胖達，你分析的很中肯。」

他看了看胖達、晴晴、猴子，想起他們之間兩男追一女的情景，不禁莞爾。

而胡一聽今年恰好因傷錯過選拔，其中一隻手的手腕還纏著紗布，但卻仍是揚著那個陽光燦爛的笑容。

「學長……」林睿不知怎麼覺得有些愧疚，若真要說，他覺得胡一聽跟自己實力不相上下，卻一直像被他照顧著。現在，有種自己是搶了他名額才得以上位的感覺。

胡一聽卻只是笑笑，拍了拍林睿的肩膀。

「連我的份一起加油啊！別緊張，照常發揮就行了，你已經是奇蹟了。」胡一聽凝望著林睿。

「你們都還有聯絡？」

「有啊，只有你孤僻不理人好嗎？我們偶爾還會約打球呢。」猴子說。

林睿堆著笑，顯得有些不好意思。莊晴晴站在猴子身旁看起來悶悶不樂。

林睿想起莊晴晴曾經警告過自己，離徐熙貝遠一點。

她本來就不樂見他們的愛情，後來他又這麼糟糕的對待徐熙貝，果然被她說中了，自己並非一個好情人。

他實在很想開口問晴晴關於徐熙貝的下落。但始終不敢說出口。

大夥看時間差不多就也散了。

輪到林睿出賽時，他看著他們坐在觀眾席拉起了布條，認真地揮舞加油著。他欣慰地笑了，朝著他們招了招手，熟悉的面孔，總有種說不出的暖意。

他看著晴晴身旁有個空蕩蕩的位置，仍不免期盼是不是徐熙貝如同初見面那時，又為了幫助誰或去買個東西而遲到了？

只是到最後，徐熙貝仍沒有出現，原來那只是恰好有了個空位罷了！

他好不容易得到了第三名，首次打進國手資格，卻感到深深的失落。

賽後，記者們又紛紛圍繞著他。每一個人都八卦了起來，想探知昨天說的前女友是誰？有沒有到來。

他看著眼前的麥克風，心裏一陣忐忑，明明都下定決心無論徐熙貝有沒有到來，都要勇敢將自己的心意傳達出去，現在鬱悶的感受卻將他淹沒。

「昨天你提到最感謝的人是前女友，我們都很好奇你跟她的故事，她有來祝賀你嗎？或是有沒有什麼話想透過鏡頭跟她說？」

林睿情緒複雜。

「很遺憾你沒能來看我的比賽，可能是我一廂情願吧！我一直記得你曾經說只要我成為國手一定會到場為我加油，我……。」林睿頓了頓，忽然間覺得一切的努力好像都沒了意義……。

他想起一首叫做「輸了你贏了世界又如何」的歌，難掩落寞……

「林睿。」忽然一個女生高喊林睿的名字。

眾人轉頭，是莊晴晴淚眼汪汪地跑了過來……手裡拿著一大本冊子。

「徐熙貝記得，她記得，她從來沒有忘記跟你的約定。」

林睿恍恍然地看著晴晴，不知道那是什麼意思。

他接過了那本冊子，第一頁就寫著：

〞林睿後援會，永遠的頭號粉絲。〝

林睿忍不住笑了，眼淚卻也掉了下來，朝思暮想的徐熙貝。

剪報裡，不僅是大學時代，連林睿小時候的比賽都找齊了。

接著年分斷了好久，接著是林睿近年的業餘賽、縣市比賽、全國賽……。

林睿恍恍然地看著這一本剪報，心裡有著不小的撼動……

「這剪報從大學時期她就開始弄了，前幾年她知道你回去打桌球很開心，特地翻了出來，說要補齊你小時候的資料，還要我陪她去圖書館找舊報紙……」

莊晴晴緩緩地說著：「她一直都相信你可以成為國手，代表國家出賽。」

林睿看著一頁又一頁詳盡的紀錄，感動不已。

「徐熙貝呢？」林睿翻到自己打縣市盃比賽那頁。

徐熙貝寫著：

「今天我好不容易才溜出來去看你比賽，真的好精彩。

你打得很賣力很謹慎，在球場上的你一如以往的耀眼！

對不起，我想你這幾年一定過得很痛苦吧！

要多大的決心跟努力，才能這麼短的時間就趕上這麼多年的空白。

分手一定讓你很痛吧？

在大學時，我就不只一次想過，你始終是屬於球場的，你擁有了一般人沒有的天賦，總有一天一定會發光發熱四處去比賽。而我不應該把你強留在自己身邊。

剛出社會的時候，是我的不安，將你綁住。為了待在我身邊，你收起自己的羽翼，失去了自己的光，一直做著自己不喜歡的工作。

對不起，等我恍然大悟，已經走到了彼此折磨的地步。我只好選擇跟你分手。唯有分開，你才能夠高飛。」

林睿忍不住哭了出來。

「她一直記得你，從來也沒忘記過你，當初也是她不放心才拜託學長去便當店找你的，你後來每一場比賽她都反覆看了好多次。她是那麼地期待可以看到你……」晴晴說著，突然哽咽了起來。

「那她人呢？為什麼沒來？」

「她……她沒能等到看見你這一場比賽。」

「妳說她沒能等到看我這一場比賽是什麼意思？」

林睿哭得眼睛通紅，抬起頭問晴晴質問著。

「小貝她後來身體一直不太好，前幾個月確診得了肺腺癌。她一直要我瞞著你……可是我……」晴晴突然間崩潰大哭了起來……。

「她在哪裡？在哪裡？」林睿隱隱感覺到晴晴的情緒代表著徐熙貝已不在人世了，卻不想接受。

林睿感到世界崩塌了……那些努力究竟為了什麼？

所有的一切到底有什麼意義……？

他反覆呢喃哭泣著……抱著那本冊子跑了出去……

§

半年以前，白淨無瑕的病房裡，徐熙貝坐臥在床上看著筆電。

螢幕裡是林睿參加縣市盃比賽的盛況，徐熙貝微微地笑了，這一段她不知道看了幾次，仍然是津津有味的樣子。

「妳真的不去找他？」晴晴坐在徐熙貝的床邊，滿臉愁容。

徐熙貝似乎覺得有些掃興，將影片關掉，電腦資料夾裡，好多都是寫著林睿參加比賽的檔案。

徐熙貝淡淡地搖了搖頭，。

「好不容易，他才又走回他該走的道路上。」

「小貝。」

「這件事情妳勸過我了。」

「我不希望妳後悔。」

「如果可以，我也不希望我後悔，但我有得選嗎？我能夠選擇不要得到這種病嗎？」徐熙貝的聲音潮濕，差一點點就要哭出來似地。

「妳明知道我多希望能活到看到他成為國手那一天，不，我更想看著他能代表台灣出賽。」

「妳有沒有想過如果他拚到最後，萬一妳……」晴晴紅著眼眶不敢說下去。

「那至少他拚到最後了，現在我去找他的話……。一切就前功盡棄了。」徐熙貝哽咽。

徐熙貝仍然是那個為了目標就不顧一切的徐熙貝。

她虛弱地笑了一下。

「如果我沒辦法好起來……又何必告訴他事實讓他傷心呢，他這麼小的時候就失去了父親……。如果要讓他再一次面對失去，那多殘忍？給他一個希望不是很好嗎？」

晴晴知道自己勸不了徐熙貝，她心意已決。

等晴晴離開後，在夜深人靜只有徐熙貝自己時，她才痛哭了一頓。

她忍不住隨意拿了一張紙開始寫著：

「我曾經多麼希望能夠不要這樣的身體。

但後來，我又充滿感激，因為這些病痛讓我每一天都很珍惜的活著。曾經你鼓舞了我，讓我相信這個世界充滿奇蹟，帶給我那麼多快樂。

後來我突然明白，我活著最大的意義與快樂是能幫助你，找回自己。

若能看著你一直打球下去多好？我真的好愛你，林睿。」

而這張紙條就夾在那本冊子裡。

在林睿崩潰痛哭，不管眾人追趕、瘋狂傳訊慰問，一路飛奔到當初兩人互相表露心跡那個公園。然後，終於整個人靜下來，他深呼吸了一口氣，再一次鼓起勇氣重新翻開起那本冊子，那張紙條突然從裏頭，翩然地飄了出來，落到了地上。

他撿了起來查看。

突然，他想起那天一直默默守候在自己身後、不曾離去的徐熙貝。

他想起兩個人相處的點滴，徐熙貝一值都默默地守著自己，不曾離開。

林睿看著紙條裡的字字句句，又再一次決堤了。

國家圖書館出版品預行編目資料

我在半途遺失了你／奇斐Kyphi 著. --初版.--
桃園市：這樣影業有限公司，2021.09
面； 公分.
ISBN 978-986-06877-0-5（平裝）

863.57 110011556

我在半途遺失了你

作　　者　奇斐Kyphi
發 行 人　王振維
出　　版　這樣影業有限公司
桃園市平鎮區合作街85巷9號
（03）4263218
設計編印　白象文化事業有限公司
專案主編：張輝潭　　經紀人：洪怡欣
經銷代理　白象文化事業有限公司
412台中市大里區科技路1號8樓之2（台中軟體園區）
出版專線：（04）2496-5995　　傳真：（04）2496-9901
401台中市東區和平街228巷44號（經銷部）
購書專線：（04）2220-8589　　傳真：（04）2220-8505
印　　刷　基盛印刷工場
初版一刷　2021 年 9 月
定　　價　280 元